den alpha beschützen

emilia rose

Umschlagdesigner: Covers by Christian

Emilia Rose

emiliarosewriting@gmail.com

www.emiliarosewriting.com

1
isabella

HEISS.

Schwer.

Überwältigend.

Mit zitternden Fingern, brennenden Augen und glühendem Nacken ließ ich mich in die Badewanne sinken. Wollte unbedingt abkühlen. Unbedingt diesen Schmerz lindern. Nichts mehr davon spüren – von dieser feurigen Rache, die durch jede Faser meines Körpers schoss.

Mein Körper kochte in der kalten Wanne, während mir der Schweiß die Stirn hinunterlief. Ich drehte das kalte Wasser auf und ließ es aus dem Wasserhahn direkt auf meinen Nacken laufen, in der Hoffnung, dass die Mondgöttin mich abkühlte.

Mit tränenverschleierten Augen starrte ich auf die geschlossene und verriegelte Badezimmertür und erhaschte einen Schimmer vom Mondlicht, das durch das Fenster in den dunklen Raum schien. Es musste vier Uhr morgens sein. Ich wimmerte und rieb mir den Nacken, der Schmerz war unerträglich.

Göttin, hilf mir.

Angefangen bei meinem Hals fühlte sich jeder Teil meines Körpers an, als stünde er in Flammen.

Mir war nicht mehr so heiß gewesen, seit … seit Roman sich geweigert hatte, mich zu markieren und ich läufig wurde.

Aber wie konnte ich schon wieder läufig sein? Roman hatte mich doch schon markiert …

Kylo, schnurrte meine Wölfin.

Mit brennenden Schenkeln spreizte ich meine Beine in der Badewanne, in der Hoffnung, den glühenden Weg in mein Innerstes zu kühlen. Das Wasser musste eiskalt sein, aber ich konnte nur den fiebrigen Schmerz in meinem Körper spüren. Als ich die Augen schloss, um den Schmerz zu lindern, stellte ich mir vor, wie Kylo mit mir in der Wanne lag. Sein strammer Körper zwischen meinen Beinen, sein Schwanz tief in mir versunken und seine Eckzähne in meinem Nacken.

Nein, knurrte ich meine Wölfin an und schüttelte den Kopf. *Hör auf damit!*

Kaum eine Woche war vergangen seit der Nacht, die Roman und ich mit Kylo verbracht hatten. Der Nacht, in der er in mich eindrang und meine enge Muschi ausfüllte, während Roman mich von hinten nahm. Und ich wäre eine verdammte Lügnerin, wenn ich behaupten würde, nie an eine Wiederholung gedacht zu haben. Dass Kylo dieses Mal die Kontrolle übernehmen und mich zwingen könnte, sein Sperma zu schlucken.

Finde deinen Partner, befahl meine Wölfin. *Finde deinen Partner und lass ihn uns markieren.*

Ich klammerte mich an den Rand der Badewanne und spannte meinen Körper an. *Hör auf. Sofort.*

Paaren. Wir müssen uns paaren.

„Roman!", schrie ich und sank noch tiefer in die Badewanne.

Nicht Roman. Mein Partner, sagte meine Wölfin zu mir. *Kylo.*

Das eiskalte Wasser schwappte über den Wannenrand, lief über. Roman rüttelte an der Türklinke, klopfte und befahl mir, ihn ins Bad zu lassen, damit er mir helfen konnte. Aber so verrückt es auch klingen mochte, ich traute mir zu, an ihm vorbei aus dem Haus zu sprinten und zu Kylo zu rennen.

Wenn Roman jetzt die Tür öffnen würde, könnte meine Wölfin die volle Kontrolle über meinen Körper übernehmen.

Ich würde vielleicht etwas mit Kylo machen, was ich bereuen würde.

„Geh weg", schrie ich und wusste, dass ich gerade nach ihm gerufen hatte. Es klang wahnsinnig. Ich klang wahnsinnig. Die Tränen liefen mir über die Wangen, weil der Schmerz meinen Körper so sehr überwältigte. „Geh weg. Ich komme schon klar."

„Isabella, lass mich rein", forderte Roman. „Bevor ich diese Tür aufbreche."

„Komm nicht rein", flehte ich. Ich stolperte aus der Badewanne, rutschte über den Rand, landete auf Händen und Knien und fluchte. Davon würde ich einen blauen Fleck davontragen – und der würde nicht gerade angenehm werden.

„Isabella, mach auf", knurrte Roman und rüttelte fester am Türgriff. „Du hast Schmerzen."

„Bitte", flehte ich und taumelte zur Tür, während das Badewasser unseren Boden bedeckte.

„Warum kann ich nicht hereinkommen und dir helfen?", fragte er und schlug gegen die Tür.

„Weil ich läufig bin!"

Obwohl es die Aufgabe eines Partners war, Schmerzen zu lindern, besonders während der Läufigkeit, wollte ich … ich wollte nicht, dass meine Wölfin Roman verletzte, nur um Kylo zu finden und ihn zu zwingen, mich zu markieren. Ich wollte, dass diese Hitze und der Schmerz verschwänden. Und zwar sofort.

Kylo, flüsterte meine Wölfin. *Finde ihn jetzt.*

Als Roman durch die Tür stürmte, zwang mich meine Wölfin, mich schneller als je zuvor zu verwandeln. Ich sprintete so schnell aus dem Zimmer, dass ich ihn umstieß, und lief dann direkt zu unserem Schlafzimmerfenster im zweiten Stock, ohne auch nur einen Gedanken daran zu verschwenden, die Treppe hinunter und zur Haustür zu laufen.

Als ich meinen Körper durch das Glas warf, zerbrach es auf der Erde unter mir, während ich durch Romans Todesgriff an meinem

Hals in der Luft schwankte. Er versenkte seine Zähne in meinem Nacken, riss mich zurück ins Zimmer, warf mich auf das Bett und knurrte in seiner Wolfsgestalt.

„Dachtest du, ich würde dich vor mir weglaufen lassen?", fragte er durch die Gedankenverbindung.

Ich stand auf und knurrte ihn an, als er sich an mich heranpirschte. In der Ferne und durch den Wald hörte ich das Heulen unserer Rudelmitglieder, die nachts um das Grundstück liefen, um es abzusichern. Dolus war seit einer Woche nicht mehr gesehen worden, aber ich wollte kein Risiko eingehen.

„Lass mich gehen", sagte ich durch die Verbindung, ohne vorher über die Worte nachzudenken. Es schien, als hätte die Hitze die Kontrolle über meine Wölfin übernommen und sie wollte verzweifelt den Mann finden, mit dem sie vermutlich seit siebentausend Jahren liiert war.

Roman starrte mich mit diesen goldenen Augen an und sprang dann zu mir aufs Bett. Ich stürzte mich auf ihn, aber irgendwie packte er mich wieder im Nacken und hielt mich auf den Bauch gedreht fest. *„Verwandle dich."*

Nachdem ich mich noch einige Augenblicke gegen ihn gewehrt hatte, knurrte ich und rutschte unter seinen Körper, wobei meine Haut unter seiner Berührung etwas abkühlte. Er schob sich hinter mich und hielt mich immer noch mit den Eckzähnen in meinem Nacken fest. Ich atmete tief ein und aus und gewann langsam meine Fassung und die Kontrolle über meine Wölfin zurück.

„Warum bist du läufig?", fragte er mich. *„Wir haben uns gepaart."*

Tränen liefen mir über die Wangen. „Kylo", flüsterte ich. „Sie will Kylo."

Als die Hitze fast verschwunden war – es blieb nur noch ein anhaltender Schmerz -, ließ ich mich ganz auf die Matratze fallen und schloss die Augen, da eine plötzliche Müdigkeit meinen Körper überkam. Roman zog seine Zähne aus meinem Nacken und legte sich hinter mich auf das Bett, seinen nackten Körper an meinem. Obwohl er ruhig blieb, hatte ich seine Anspannung bei Kylos Namen bemerkt.

Wir hatten in der letzten Woche endlos über meine Beziehung zu Kylo gesprochen, aber das kam nie zur Sprache. Ich hatte nicht einmal daran gedacht, diesen Mann zu markieren, und jetzt … jetzt sehnte sich meine Wölfin danach. Es war, als wären sie auch in diesem Leben Partner.

„Es tut mir leid", flüsterte ich und drehte mich zu ihm um. Anstatt ihm in die Augen zu sehen, starrte ich auf seine perfekt geformte Brust und schmiegte mich an ihn. „Es tut mir so leid, wenn ich dich verletzt habe. Meine Wölfin … sie … ich kann sie nicht kontrollieren. Und sie will … sie will seine Markierung."

„Willst du?", fragte er leise und legte seine Hand unsicher auf meine Taille.

Wollte ich Kylos Markierung? Verdammt, darüber hatte ich noch gar nicht nachgedacht. Ich wollte nur diesen verdammten Krieg gegen Dolus überstehen und die Werwolf-Spezies retten. Der Gedanke war mir einmal in den Sinn gekommen – ein einziges Mal -, nachdem Roman uns gefragt hatte, ob meine Bindung zu Kylo meiner Bindung zu ihm ähnelte. Aber ich war seitdem zu sehr mit anderen Dingen beschäftigt gewesen, um darüber nachzudenken.

„Es tut mir leid", flüsterte ich und meine Wölfin erlaubte mir nicht einmal, auf seine Frage zu antworten.

Anstatt wie erwartet wütend zu werden, strich Roman mit seinen Fingern über mein Gesicht und vergrub sie in meinem Haar, kraulte mich leicht und brachte mich zum Einschlafen. „Es ist okay, meine liebe Isabella. Du hast viel um die Ohren." Er streifte mit seiner Nase an der Seite meines Halses hoch, gegen seine Markierung. „Wenn du es mir jetzt nicht sagen willst, musst du es auch nicht. Aber … ich will es wissen, bevor es passiert." Er schluckte. „Ich muss mich darauf vorbereiten, dich mit dem Mal eines anderen am Hals zu sehen."

Die Worte klangen so … so herzzerreißend traurig.

Meine Verbindung mit Kylo hatte Roman so sehr mitgenommen. Ich konnte es in seinen Augen sehen. Er war müde.

Ich hoffte nur, dass das nicht bedeutete, dass er leicht zu

verderben war. Ich durfte ihn nicht verlieren. Ich durfte ihn verdammt nochmal nicht verlieren. Ich liebte diesen Mann mehr als Kylo und ich würde ihn niemals gehen lassen und mich von einem solchen Chaos blenden lassen.

„Ich werde immer für dich da sein, egal was passiert", flüsterte er.

Mein Magen zog sich bei seinen Worten zusammen, ein ungutes Gefühl machte sich in mir breit. Obwohl ich mir sagte, dass ich nicht zulassen würde, dass Roman in diesem Schlamassel verletzt würde, war ich diejenige, die ihn heute Abend niedergeschlagen hatte. Diejenige, die Kylo während der Hitzewelle hatte finden wollen. Roman war mein Partner, der Partner, mit dem mich die Mondgöttin gesegnet hatte, bevor sie überhaupt von Kylo wusste. Wenn ich bereit war, Roman das anzutun, nur damit Kylo mich markierte, was würde ich ihm dann noch antun?

Tränen stiegen mir in die Augen, doch ich zwang mich, sie zu schließen und schüttelte den Kopf. Nein, so konnte ich im Moment nicht denken. Ich konnte nicht zulassen, dass das Chaos und die Verderbnis um mich herum die Art und Weise beeinflussten, wie ich über meinen Partner dachte, denn wenn ich diese Gedanken erst einmal zuließ, würden sie Teil von mir werden.

2
isabella

NEBEN ROMAN IM BETT LIEGEND, starrte ich an die Decke. Obwohl die Hitze mich erschöpft hatte, schien ich nicht einschlafen zu können. Mit lauten und verwirrten Gedanken, die mir durch den Kopf gingen, drehte ich mich auf den Bauch und stöhnte in mein Kissen. Während Roman schlief, rutschte sein Arm von mir ab, aber er legte ihn schnell wieder um meine Taille und rückte näher an mich heran, murmelte etwas Unzusammenhängendes in mein Haar und lächelte mich an.

Ich verschränkte meine Finger mit seinen, atmete tief durch und versuchte zu schlafen. Ich wollte nur, dass die Gedanken für einen verdammten Moment aufhörten, damit ich in Frieden schlafen konnte. Aber alles, was mir durch den Kopf ging, war die Mondgöttin, die in einer von Dolus bösen Fallen gefangen war, unfähig, ihre Pflichten zum Schutz der Werwolf-Spezies zu erfüllen.

Wenn wir Dolus Verderbnis beendeten, würden wir sie vielleicht retten können.

Doch Kylo, Roman und ich waren in der vergangenen Woche Hunderte Möglichkeiten durchgegangen, wie wir das Chaos stoppen könnten, und nichts schien zu funktionieren. Jedes Mal, wenn wir eine Theorie, eine Idee, einen bloßen Gedanken hatten, hatte er nicht gefruchtet. Etwas war immer dazwischengekommen, hatte keinen Sinn ergeben oder war einfach nicht machbar, mit den Wölfen, die uns zur Verfügung standen, und dem Mangel an Wissen über Dolus und seine wahren Kräfte.

Da ich wusste, dass ich nicht mehr schlafen konnte, küsste ich Roman und kroch aus dem Bett, um nach unten zu gehen, Wasser zu trinken und noch ein paar Pläne durchzugehen. Ich musste mir etwas einfallen lassen. Ich hasste es, nur darauf zu warten, dass Dolus zu uns kam. Aber wir wussten nichts über ihn – absolut nichts.

Als ich unten das Licht einschaltete, zuckte ich zusammen, als ich Kylo in unserer Küche stehen sah. „Habe ich dich geweckt, Prinzessin?", fragte er und nippte an einem Glas Wasser. Mit einem grauen V-Ausschnitt über der Brust und in einer losen Jeans mit Waschung lehnte er sich grinsend gegen den Tresen.

„Was machst du denn hier?", fragte ich, schob mich an ihm vorbei, um mir ein Glas zu holen. Ich hoffte bei der Göttin, dass meine Wölfin nicht aufwachen und beschließen würde, dass es an der Zeit war, uns von ihrem Partner markieren zu lassen. Ich drehte den Wasserhahn auf. „Solltest du nicht Zuhause sein?"

Bevor ich ein weiteres Wort sagen konnte, drückte er mich von hinten gegen den Tresen, eine Hand um meine Kehle, die andere um meine Taille. Er strich mit seiner Nase über die unmarkierte Seite meines Halses. „Ich konnte dich spüren, Isabella. Deine Wölfin ...", knurrte er, „Göttin, deine Wölfin rief nach mir, flehte mich an, zu dir zu kommen, dich zu *nehmen.*"

Der Atem blieb mir weg, ich klammerte mich an die Arbeitsplatte und ließ das Glas in der Spüle überlaufen, meine Finger wurden blass. „Kylo", flüsterte ich und spürte, wie meine Wölfin erwachte. „Bitte, ich ... ich ... bitte hör auf, bevor ich die Kontrolle verliere. Meine Wölfin, sie wird es von mir verlangen."

Seine Eckzähne streiften meinen Hals und ich stöhnte auf. Er drückte sich von hinten an mich, drückte seinen harten Schwanz gegen meinen Hintern und reizte mich so, wie ich es mochte. Ich schloss meine Augen und schwor mir, dass er mich diesmal nicht bekam.

Das durfte er nicht.

„Göttin, Prinzessin, dieses Stöhnen hat eine unheimliche Wirkung auf mich", murmelte Kylo in meinen Nacken, neigte meinen Kopf leicht nach hinten und küsste meine Haut. „Stöhne noch einmal für mich."

Hitze stieg in meinem Inneren auf, ich ließ den Todesgriff an der Theke los und stöhnte wieder leise, unfähig, einen klaren Gedanken zu fassen. Meine Sicht trübte sich und mein Verstand vernebelte sich vor Lust, als meine Wölfin mir langsam die Kontrolle entriss.

„Kylo", flüsterte ich mit brüchiger Stimme.

„Ja, Prinzessin?", murmelte er und saugte meine Haut zwischen seine Zähne.

„Wir müssen … müssen …"

„Müssen was?"

Ich hatte den Drang, nach Roman zu rufen, ihn anzuschreien, dass er seinen Arsch aus dem Bett bewegen und in die Küche kommen sollte, wo Kylo Sekunden davon entfernt war, mich zu nehmen. Sein Wolf muss auch die ganze Nacht nervös gewesen sein, denn obwohl er immer sehr aufdringlich war, hatten wir uns darauf geeinigt, die Finger voneinander zu lassen. Es sei denn, wir waren mit Roman zusammen.

Er konnte mich so viel necken wie er wollten, aber wirklich berührt hatte er in der letzten Woche kein einziges Mal.

„Warten, bis Roman … bis er aufsteht", sagte ich zwischen röchelnden Atemzügen.

„Ich will dich jetzt."

Es war kein Gedanke, keine Bitte, nicht einmal eine Frage.

Es war die Forderung eines rücksichtslosen Alphas – eines Alphas, der sich danach sehnte, seine Partnerin zu beanspruchen.

Tief einatmend, nahm ich alle Kraft in mir zusammen und stieß ihn weg. Ich glaubte nicht, dass ich es noch lange aushalten würde, denn ich … ich wollte meine Fangzähne in seinem Hals versenken und ihn nehmen. Dass er hier war, machte mich nur noch ungeduldiger, es endlich zu tun.

Aber ich wollte es nicht überstürzen. Verdammt, ich wusste nicht einmal, ob ich wirklich wollte, dass er mich markiert. Meine Wölfin wollte es – und sie zwang mich zu denken, dass ich es auch wollte. Aber ich war Roman zu sehr verpflichtet, um das Band, das ich mit ihm hatte, zu zerstören. Mit einem anderen zu schlafen und ihn zu markieren, waren zwei unterschiedliche Dinge. Wenn Roman nicht damit einverstanden war, dass ich Kylo markierte, dann musste ich jeden Drang zurückhalten.

Jetzt war auch nicht der richtige Zeitpunkt, sich mit Partnerschaftsdramen zu beschäftigen. Wir hatten einen Krieg zu beenden und eine Mondgöttin zu retten.

Nachdem ich tief ausgeatmet hatte, verschränkte ich die Arme vor der Brust, um meine steifen Brustwarzen zu verbergen, nahm mein Glas Wasser und ging rückwärts von Kylo weg. Er beobachtete jede meiner Bewegungen mit seinen goldenen, wutentbrannten Augen, die Eckzähne ragten immer noch über seine Lippen.

„Warte, bis Roman wach ist", sagte ich zu ihm, wobei sich meine Lippenwinkel kräuselten. „Dann kommst du vielleicht dazu, mich zu kosten. Bis dahin … haben wir noch anderes zu erledigen." Ich nickte zu dem Stapel Papiere über Dolus und die Verderbnis auf dem Esszimmertisch.

Als ich einen letzten Schritt zurücktrat, stieß ich gegen die Brust von jemandem.

„Und was haben wir zu tun?", fragte Roman amüsiert hinter mir, legte besitzergreifend seinen Arm um meine Taille und fuhr mit einem Finger meinen Nacken hinauf. „Hmm?"

„Roman, ich …"

„Antworte mir, Isabella", murmelte er an meinem Ohr und seine Augen flackerten zu Kylo. „Möglicherweise das, was dich auf die Knie zwingt?"

3
isabella

„WIR WAREN NUR, ähm …" Ich sah zu Kylo und spürte, wie mein Herz immer schneller schlug, wenn ich daran dachte, wie er mich vor ein paar Augenblicken noch gegen den Tresen gedrückt und mir gesagt hatte, dass er seine Zähne in meinem Nacken versenken wollte. „Wir hatten nicht vor, so etwas zu tun."

Roman legte seine Hand von hinten um meinen Hals, fuhr mit seinen Fingern die Halswirbelsäule hinauf und knurrte leise in mein Ohr, wobei seine Eckzähne die Narben seiner Markierung aufstachen. „Bist du dir da sicher? Denn Kylo da drüben sieht aus, als würde er sich gleich auf dich stürzen und sich nehmen, *was mir gehört.*"

Ich schluckte heftig, Hitze breitete sich in mir aus und ich drückte mich gegen ihn, wobei ich bereits die Beule in seiner Jogginghose bemerkte. Mir blieb die Luft weg, als ich bemerkte, wie hart er war. Ganz gleich, was ich dachte, was er über Kylo und mich dachte … er liebte es. Er liebte es, seine Dominanz auszuspielen und ich liebte es, wenn er es tat.

„Hm?", brummte Roman an meinem Ohr, neigte meinen Kopf zur Seite und verstärkte seinen Griff um meine Kehle. „Ist es das, was wir *zu tun* haben? Wolltest du, dass er dich über unseren Esszimmertisch beugt und dich von hinten nimmt?"

Ich griff hinter mich und ihm in die Hose, legte meine Hand um ihn. Er drückte seine Hüften leicht nach vorn, um mir zu zeigen, dass er mehr davon wollte, dass er Kylo zeigen wollte, wem ich wirklich unterworfen war.

„Streichle weiter meinen Schwanz, Baby", grunzte Roman und starrte über meine Schulter zu Kylo, um ihn zu verspotten wie kein anderer. „Zeig Kylo, an wessen Schwanz du jede Nacht erstickst."

Als sich die Hitze in meiner Mitte sammelte, presste ich meine Schenkel zusammen und streichelte weiterhin Romans Schwanz hinter mir. Ich fuhr mit meinen Fingern seine Länge auf und ab und strich leicht über die Spitze seines Schwanzes, genau so, wie er es liebte.

Er drückte mich fester an sich und zog mich näher zu sich. „Er will dich markieren."

Bei dem Gedanken streichelte ich Roman schneller, mein Herz klopfte.

„Sag ihm, wenn er deinen hübschen Hals markieren will, dann muss er dafür arbeiten", murmelte Roman in mein Ohr, saugte mein Ohrläppchen zwischen seine Zähne und zog sanft daran, wobei seine Bartstoppeln meinen Hals kitzelten.

Mein Mund öffnete sich, doch es kamen keine Worte heraus. Alles, worauf ich mich konzentrieren konnte, war mein rasender Atem und die wachsende Beule in Kylos Jeans, die gegen den Stoff drückte und ihn an seinen Oberschenkeln eng werden ließ. Er stand an der Küchentheke, die Handflächen hinter sich aufgestützt und den Bizeps angespannt.

„Sag. Es. Ihm. Jetzt."

„Nein", sagte ich trotzig.

Roman knurrte mich an: „Zeig ihm deinen Hals." Roman umfasste mein Kinn und neigte meinen Kopf zur Seite, sodass Kylo einen freien Blick auf die nackte Seite meines Halses hatte. „Zeig ihm, was er noch nicht haben kann. Lass ihn dich dort riechen, dich dort schmecken und dann sag ihm Nein, Isabella, denn wenn du einer einfachen Bitte nicht nachkommen kannst, wirst du heute Nacht nicht markiert."

Roman hat ihn verhöhnt – einen anderen Alpha verhöhnt, verdammt noch mal.

Meine Augen wurden groß und meine Muschi krampfte sich zusammen. „Berühre mich", flüsterte ich, „aber markiere mich nicht. Noch nicht."

Als würde er es sich nicht zweimal sagen lassen, schlenderte Kylo zu mir herüber, legte eine Hand um meine Taille und schob die andere zwischen meine Beine. Dann vergrub er sein Gesicht in meiner Halsbeuge, atmete meinen Duft ein und presste seine vollen Lippen auf meine schmerzende Haut.

Stöhnend zog ich Romans Schwanz aus seiner Hose und packte ihn fester. Kylo rieb mit seinen Fingern in quälenden kleinen Kreisen über meine Klitoris und ließ meine Beine zittern. Ich krümmte meine Zehen und sah über meine Schulter zu Roman.

„Gib es mir", flehte ich. Sosehr ich ihn auch wegstoßen und *ihn* dafür arbeiten lassen wollte, so sehr sehnte ich mich danach, dass er bereits in mir war. Dass er mein enges kleines Loch mit seinem Schwanz und seinem Sperma ausfüllte. „Bitte, Roman."

Nachdem er meine Hose heruntergezogen hatte, spuckte Roman auf seinen Schwanz und rieb seine Eichel an meiner Muschi, sodass sie durch meine Säfte noch feuchter wurde. Er hielt mich mit einer Hand an meinem Kinn und der anderen um meine Taille aufrecht und schob sich langsam in mich hinein. Die Lust von Kylos Fingern durchströmte meinen Körper, ich krallte mich an Roman fest und wölbte meinen Rücken, sodass Kylo noch besser an meinen Hals herankam.

Am Ansatz meines Halses saugte er an meiner Haut, grunzte und knurrte leise vor sich hin, sein Wolf war so nah an der Oberfläche.

Roman stieß von hinten in mich hinein, fluchte in mein Ohr und schob sich jedes Mal tiefer. „Scheiße, Isabella, du bist so verdammt eng für mich."

Mit jedem Stoß brachte er mich näher und näher an Kylo. Und

als dessen Eckzähne meinen Hals streiften, schnappte ich nach Luft. Ich krümmte meine Zehen und stellte mir vor, wie er seine Zähne in meinem Hals versenkte und mich für sich beanspruchte, genau hier und jetzt. Meine Wölfin und ich würden zufrieden sein. Doch bevor er mich beanspruchen konnte, schob Roman seine Hand zwischen Kylos Zähne und meinen Hals und schlang seine Handfläche und Finger um meine Kehle, sodass Kylo keinen Platz mehr hatte, mich zu beißen.

Aber es war zu spät, um Kylos Wolf aufzuhalten. Kylo biss zu und durchbohrte Romans Finger statt meines Halses. Roman heulte auf und stieß ihn so heftig nach hinten, dass er gegen die Kücheninsel knallte. Kylo flog zurück, seine Augen leuchteten golden, als hätte er keine Kontrolle mehr über seinen Körper und seine scharfen Eckzähne verlängerten sich vollständig.

„Bestrafe ihn dafür, dass er versucht hat, dich zu markieren, nachdem du es ihm verboten hast", sagte Roman, saugte sich das Blut von den Fingern, um den Teppich nicht zu ruinieren und stieß von hinten noch härter, schneller und irgendwie rücksichtsloser in mich hinein.

„Ihn bestrafen?", fragte ich mit weit aufgerissenen Augen und die Hitze kroch mir in den Nacken.

„Genauso wie ich dich verzogenes", Stoß, „freches", Stoß, „Gör bestrafe."

Bevor ich meinen Mund trotzig schließen konnte, zog ich einen Esszimmerstuhl hervor und forderte Kylo auf, sich daraufzusetzen. Als er das tat, zog ich seinen Schwanz aus der Hose, beugte mich zu ihm herunter, während Roman noch immer in mir war, und streichelte ihn langsam.

„Komm nicht", befahl ich ihm, legte meine Hände auf seine Oberschenkel und beugte mich weiter vor, damit Roman tief in mich eindringen konnte. Ich legte meine Hand um den Ansatz von Kylos Schwanz. „Und fasse mich auch nicht an. Du darfst nur zuschauen."

Ich senkte meinen Kopf und nahm die Spitze seines Schwanzes in meinen Mund. An der Art und Weise, wie seine Hüften leicht zuckten, als meine Lippen den Ansatz seiner Hüften trafen, konnte ich erkennen, dass er bereits kurz vor dem Höhepunkt war, genau wie ich. Ich starrte zu ihm hoch, spürte, wie ich bei der Kontrolle, die ich über diesen Mann hatte, erschauderte, und schob den Kopf langsam auf und ab.

Roman krallte seine Finger von hinten in meine Hüften und stieß noch fester in mich hinein. „Fester, verdammt", befahl er, packte mich an den Haaren und zwang mich, meinen Kopf auf Kylos Schwanz zu wippen.

Und kurz bevor Kylo kommen wollte, zog Roman mich zurück.

„Komm nicht", sagte ich zu Kylo.

Als er sich entspannte, saugte ich seinen Schwanz in meinen Mund und bewegte meinen Kopf auf ihm auf und ab, bis seine Hüften wieder zuckten und er kommen wollte. Bevor er konnte, zog ich mich wieder zurück und liebkoste seine Eier mit meiner Zunge.

„Komm. Nicht."

„Fuuuck, Isabella", sagte Kylo und ballte seine Hände zu Fäusten.

Roman legte einen Arm um meine Taille, um meinen Kitzler zu reiben und beugte sich näher zu mir herunter. „Kylo darf vielleicht nicht kommen, aber du wirst mit seinem Schwanz in deinem Mund kommen. Hast du mich verstanden?"

Ich zog mich fest um Romans Schwanz zusammen und nickte, starrte wieder zu Kylo und legte meine Lippen um seine Schwanz-spitze. Ich wippte mit meinem Kopf auf ihm auf und ab und zog mich immer fester um Roman zusammen. Roman rieb meinen Kitzler schneller, packte wieder eine Handvoll meiner Haare und drückte mich so weit wie möglich auf Kylos Schwanz. Ich starrte Kylo mit tränenverschleierten Augen an und spürte, wie seine Hüften erneut zuckten.

Er war im Begriff zu kommen.

„Komm nicht", versuchte ich mit seinem Schwanz in der Kehle zu sagen, aber es kam nur ein Gurgeln heraus.

Er verdrehte die Augen und hob seine Hüften, um noch tiefer in meinen Hals zu kommen. Roman schob sich in mich hinein. Und beide kamen gleichzeitig in mir, Kylos Sperma schoss in meine Kehle und Romans Sperma füllte mich aus. Ich würgte an Kylos Sperma, schlug mit den Händen gegen seine Schenkel und schrie mit seinem Schwanz im Mund, als ich kam.

Doch Roman hielt mich immer noch fest und drückte sein Sperma tiefer in mich. Als er mich endlich losließ, hob ich den Kopf, um nach Luft zu schnappen und zu stöhnen, und meine Beine zitterten unkontrolliert. Roman nahm mich in seine Arme, damit ich nicht umkippte und setzte mich auf einen Stuhl neben Kylo.

„Du musst lernen, eine bessere Domina zu sein, Isabella", sagte Roman und fuhr mit seinem Daumen über meine Lippen. „Du hast ihm gesagt, dass er nicht kommen soll und hast ihn dann trotzdem kommen lassen."

„Ich ... ich konnte nicht anders", sagte ich und zog meine Knie an die Brust, während die Lust mich immer noch durchströmte. Ich holte tief Luft. „Vielleicht beim nächsten Mal."

4

isabella

NACH UNSEREM SCHÖNEN Morgen im Haupthaus packte ich einige Notizen, Tagebücher und Karten in meinen Rucksack, nahm Romans Hand und führte ihn und Kylo zum Krankenhaus. Seit dem Angriff war ich jeden Morgen mit ihnen ins Krankenhaus gegangen, um nach Vanessa zu sehen. Wenn ich allein hinginge, würde ich mir die Augen aus dem Kopf heulen.

Als ich das Krankenhaus betrat, begrüßte mich Mama am Empfang, die Hände in den Taschen ihrer weißen Jacke. „Guten Morgen, Süße", sagte sie und schaute Kylo an, der hinter uns herlief.

Ich hatte ihr noch nicht wirklich von meiner Verbindung zu ihm erzählt, weil ich nicht wusste, wie ich es erklären sollte. Es war nicht üblich, zwei Partner zu haben, geschweige denn einer der beiden ursprünglichen göttlichen Wölfe zu sein.

„Hallo, Mama", sagte ich und zog Roman mit in Richtung Vanessas Zimmer. „Wie geht es Vanessa?"

„Besser als gestern", sagte sie lächelnd und blickte zwischen uns Dreien hin und her. Sie nickte in Richtung der anderen Seite des Raumes. „Izzy, kann ich dich kurz sprechen? Unter vier Augen? Es gibt ein paar Dinge, über die ich mit dir reden muss."

Obwohl ich dieses Gespräch nicht führen wollte, ließ ich

Romans Hand los und ging mit ihr zum anderen Ende des Raumes. Als Werwölfe mit besserem Gehör hatten wir nie wirklich eine Privatsphäre, aber das musste reichen.

Sie schaute mich an und dann zu meinen Freunden. „Was ist mit dir und Alpha Kylo los? Die Leute in diesem Rudel haben über euch drei getuschelt und ich will nicht, dass sie Lügen über mein Baby verbreiten."

Ich hob eine Augenbraue, fragte mich, wer wohl über uns getuschelt hatte, und seufzte dann. „Wir sind nur … Freunde?". Das war mehr eine Frage als eine Aussage. Nicht, weil ich Kylo nicht wollte, sondern weil ich uns nicht abstempeln wollte. Die Situation war ohnehin schon chaotisch – verdammt, heute Morgen wollte ich, dass er *mich markiert*. Uns einen Stempel zu verpassen, würde die Dinge nur noch mehr verkomplizieren.

So hatte ich wenigstens halbwegs Kontrolle über meine Wölfin. Ein wenig.

„Freunde?", fragte Mama und verschränkte die Arme vor der Brust, als ob sie mir nicht glauben würde. „Nun, dein Vater möchte deinen *Freund* kennenlernen. Lade ihn diese Woche zum Essen ein, zusammen mit dir und Roman." Bevor sie mich losließ, ergriff sie mein Handgelenk und zog mich näher zu sich heran. „Und, Izzy, Freunde sehen sich nicht so an wie ihr zwei es tut. Ich habe diesen Blick schon einmal gesehen als du und Roman …"

„Okay, Mama", sagte ich und schob sie sanft von mir weg. „Verstanden. Schon verstanden."

Mit einem breiten Lächeln im Gesicht wippte sie auf ihren Fersen zurück. „Natürlich verstehst du das."

Ich rümpfte die Nase und warf einen Blick zu meinen Jungs. Roman lehnte mit einem Fuß gegen eine der Wände, während Kylo auf einer Bank saß, die Unterarme auf die Oberschenkel gestützt. Als ich sie ansah, hörten sie auf zu reden und schauten wie auf Kommando zu mir zurück. Meine Wangen flammten auf, als ich mich an heute Morgen erinnerte.

Domina zu sein, war nicht meine Stärke. Ich war von Natur aus eine freche Göre – aber, Göttin, ich liebte es, das mit Kylo zu machen, auch wenn ich dabei nervös war. Ich wollte nichts Falsches sagen oder ihn verletzen oder ihm das Gefühl geben, dass er mir egal war. Doch zu sehen, dass er so bereitwillig auf mich hörte, ließ mich … vor Lust erzittern.

„Oh Gott", sagte Mama und führte mich zu den Jungs zurück. „Du bist verliebt."

„Sei still", sagte ich zu ihr und wollte nicht, dass es alle hörten, vorallem nicht meine Wölfin. Wenn meine Wölfin wüsste, dass ich fast so viel für Kylo empfand wie sie, wäre sie noch aggressiver als jetzt und würde mich dazu bringen, etwas zu tun, was ich später bereuen könnte.

Nachdem ich mich aus dem Gespräch mit Mama verabschiedet hatte, schnappte ich mir wieder Romans Hand und ging mit den beiden den Flur hinunter zu Vanessas Zimmer. Ich spähte durch das Türfenster in das Zimmer und schrie fast auf, als ich sah, dass sie sich bewegte.

„Vanessa!", sagte ich, eilte ins Zimmer und schloss sie in meine Arme – sanft natürlich. „Der Göttin sei Dank, du bist wach!"

Vanessa starrte mich mit großen Augen an, bewegte sich nicht so sehr, wie ich gehofft hatte, und zwang sich mit zitternden Armen in eine sitzende Position. „Is-Is-Isa …", versuchte sie verzweifelt mit rauer Stimme herauszubringen.

Ich holte eine Wasserflasche aus meinem Rucksack und setzte sie an ihre Lippen. Sie trank sie gierig aus und leerte die gesamte Wasserflasche, bevor ich sie überhaupt wegziehen konnte.

Nachdem sie sich die trockenen Lippen geleckt hatte, blickte sie sich im Raum nach Roman und Kylo um. „Ihr seid alle … alle hier. Ich bin nicht … gestorben."

Ich ließ mich zu ihr ins Bett fallen, streichelte ihr blondes Haar und lächelte. „Nein, du bist nicht gestorben. Kylo hat dich ins Krankenhaus gebracht", sagte ich und lächelte Kylo an, der neben Roman am Fußende des Bettes stand.

Beide schenkten ihr ein angespanntes zögerliches Lächeln und flüsterten sich etwas zu, aber ich hatte weder die Zeit noch die Energie, darüber nachzudenken.

„Wie fühlst du dich?", fragte ich sie mit gerunzelten Brauen.

„Wie Scheiße." Sie lehnte sich zurück und blickte auf den Tisch am Fenster, auf dem überall Papiere über Dolus verstreut lagen. „Was ist das?"

„Wir, ähm, arbeiten hier tagsüber manchmal."

„*Du* arbeitest hier", sagte Roman. „Und zwar rund um die Uhr."

Ich strahlte und zog sie wieder näher an mich heran. „Du bist eine meiner Freundinnen. Ich wollte sicherstellen, dass du die beste Behandlung bekommst und ich wollte hier sein, wenn du aufwachst."

Vanessa grinste mich an, aber einen Moment später erlosch ihr Lächeln. „Hey, es tut mir leid, was neulich passiert ist, als wir Eis essen waren und ich dich küssen wollte. Ich konnte nicht anders und … es tut mir leid. Ich bin zu weit gegangen. Das hätte ich nicht tun sollen."

„Ist schon gut", flüsterte ich und strich ihr ein paar Haare hinters Ohr. „Ich bin einfach froh, dass du jetzt in Sicherheit bist und wieder gesund wirst. Ich wüsste nicht, was ich ohne dich tun sollte."

Kylo nahm mir den Rucksack von den Schultern, stellte ihn auf den Tisch neben dem Fenster und sah nach draußen, wo der Regen gegen die Bäume prasselte. Dolus war nicht nur seit einer Woche verschwunden, auch das Wetter spielte verrückt. Es war fast so, als wäre das seine beschissene Art, uns davon abzuhalten, ihn zu finden. Nur wenige Wölfe waren bereit, im Regen zu rennen, doch mein Rudel hatte es im Krieg schon oft getan. Und wir würden es wieder tun, wenn wir müssten.

„Genug der Plauderei", sagte Roman und nickte zum Tisch hin. „Wir müssen arbeiten. Dolus ist noch da draußen."

5

roman

ICH SASS auf der Kante von Vanessas Krankenhausbett und beobachtete, wie Isabella ihre Stirn in Falten legte und an ihrer Wange knabberte, wie sie es immer tat, wenn sie sich Sorgen machte. Meine Lippen verzogen sich zu einem sanften Lächeln und ich griff nach vorn, um einige lose Strähnen ihres braunen Haares hinter ihr Ohr zu streichen.

„Wir werden es tun, Isabella. Wir werden Dolus holen. Keine Sorge."

Isabella blickte genervt zu mir herüber, nickte dann aber. „Ich weiß. Ich bin nur … gestresst." Sie warf einen Blick über meine Schulter zu Vanessa, die fest schlief und leise schnarchte. Dann seufzte Isabella und setzte sich neben mich, wobei sie ihre Finger mit meinen verschränkte. „Ich bin gestresst wegen Dolus, aber auch wegen heute Morgen."

„Kylo", sagte ich und drückte sie fester an mich.

Kylo war vor zwei Stunden gegangen, um mit seinem Rudel zu trainieren und es auf den bevorstehenden Krieg vorzubereiten, während Isabella und ich hierblieben, um zu arbeiten und einander Ideen zu präsentieren – Ideen, die offen gesagt nicht wirklich funktionierten. Wir begannen, die Hoffnung zu verlieren.

Isabella drehte sich zu mir um, ihre Beine berührten meinen

Oberschenkel. „Ich habe Angst, Roman", flüsterte sie mit zusammengezogenen Brauen. „Ich … ich mag ihn. Meine Wölfin liebt ihn. Aber ich will dich nicht verlieren. Du bist meine Nummer eins und warst immer meine Priorität. Ich versuche so sehr, die Kontrolle zu behalten und …"

Ich nahm ihr Gesicht in meine Hände und strich mit meinen Daumen sanft über ihre Wange. „Du wirst die Kontrolle nicht verlieren."

„Aber ich hätte sie fast verloren", flüsterte sie.

„Du wirst mich nicht verlieren, wenn du zulässt, dass er dich markiert."

Sie schüttelte den Kopf. „Das weißt du doch gar nicht. Ihn im Schlafzimmer dabei zu haben, ist in Ordnung – sogar großartig. Ich weiß, dass es dir gefällt, sowohl ihn als auch mich auf unterschiedliche Weise zu dominieren. Das gibt dir die Macht, die du willst und brauchst. Aber … eine Markierung ist etwas ganz anderes."

Ich fuhr mit dem Finger über das Mal, das ich auf Isabellas Hals hinterlassen hatte und runzelte die Stirn, weil mein Herz schmerzte.

„Es ist eine Bindung, Roman", sie strich mit ihren Fingern über die Stoppeln in meinem Gesicht, „eine Bindung, die mich tief berühren wird. Ich weiß nicht, wie meine Wölfin darauf reagieren wird. Oder auf dich, wenn es erst einmal passiert ist." Tränen stiegen in ihre hübschen Augen und sie fasste meinen Kragen mit beiden Händen. „Ich kann dich nicht verlieren. Das kann ich nicht. Du bist mein Ein und Alles."

Nachdem ich sie in meine Arme gezogen hatte, wiegte ich sie hin und her. „Ich werde alles für dich tun. Ich habe jahrelang darauf gewartet, dich an meiner Seite zu haben. Wenn du mich nicht mehr liebst …" Meine Brust zog sich zusammen, als ich darüber nachdachte. Ich würde niemals zulassen, dass Isabella aufhörte, mich zu lieben. Ich liebte sie viel zu aufrichtig, um sie einfach aufzugeben.

„Das werde ich nicht", sagte sie und lehnte ihre Stirn an meine. „Ich könnte nie aufhören, dich zu lieben."

„Wenn du das sagst und es auch so meinst, dann mach dir keine Sorgen, dass er dich markiert oder deine Wölfin ihn markieren will. Vergiss das erst einmal. Wenn es passiert … passiert es eben." Ich biss mir auf die Zunge, denn ich hasste den Gedanken, dass es passieren könnte, ohne dass ich davon wusste. Ich hatte mich schon seit Wochen auf das Schlimmste vorbereitet, weil ich ahnte, dass das kommen würde.

Im Volksmund und in alten Erzählungen hieß es, dass die beiden göttlichen Wölfe sich seit Ewigkeiten liebten und die stärksten Wölfe waren, die je auf der Erde gelebt hatten. Ihr Band hatte Tausende Jahre überdauert und würde sogar bis in unser Leben hinein Bestand haben. Ich hatte erwartet, dass sie seit Wochen nicht mehr voneinander lassen konnten, aber ich hatte nicht erwartet, dass Isabella bei mir bleiben würde.

Ich hatte gedacht, sie würde gehen. Gedacht, sie würde nichts mehr mit mir zu tun haben wollen.

Ich habe mich geirrt.

Isabella starrte mich mit glänzenden Augen an und vergrub dann ihr Gesicht in meiner Halsbeuge, atmete tief ein und entspannte sich weiter. „Ich wollte nur …"

„Mach dir keine Sorgen um mich", sagte ich, bevor sie fortfahren konnte. Ihre Gedanken kreisten um mich, anstatt sich auf das zu konzentrieren, was sie eigentlich tun sollte. „Konzentriere dich auf Dolus und darauf, die Sache zu klären. Wenn wir ihn nicht aufhalten können, dann bedeutet dieses Wir nichts, weil es kein Wir mehr geben wird. Wir werden tot sein."

Als sich meine Finger in ihre Seiten krallten, nickte sie und brummte leise, als würde sie zustimmen. Sie verlagerte sich in meinen Armen, sodass meine Taille gegen die Kante von Vanessas Krankenhaus drückte. „Ich weiß nicht, was ich ohne dich tun würde."

Ich zupfte an einer Strähne ihres Haares. „Du wärst immer noch ein süßes kleines Energiebündel."

„Klein?", fragte sie, zog eine Augenbraue hoch und kicherte. „Ich bin nicht klein."

„Du bist kleiner als ich", sagte ich, fasste ihr Kinn und küsste ihren Mund. „Und im Schlafzimmer bist du auch leicht herumzuschubsen, wenn ich das mal so sagen darf."

Sie verengte ihre Augen. „Ist das so, hmm? Okay, also, *Alpha*, ich schätze, du bekommst die trotzige Isabella zurück, wenn du mich das nächste Mal ins Bett bekommst. Du wirst mich nicht mehr herumschubsen. Dafür wirst du dich anstrengen müssen."

„Ich arbeite jede Nacht dafür."

„Hast du …"

Isabellas Mutter klopfte an die Tür und spähte in das Zimmer, die Hände in ihren weißen Arztkittel gestopft. „Ich hoffe, ich störe nicht, aber ich wollte euch sagen, dass deine Schwester aufgewacht ist und es ihr besser geht."

Nachdem ich Isabella von mir heruntergehoben hatte, setzte ich sie auf den Boden, nahm ihre Hand und folgte ihrer Mutter zur Tür hinaus in das Krankenzimmer meiner Schwester. Seit Scarlett oder Dolus die Kontrolle über ihren Geist übernommen hatten, ließen wir sie - auf meinen Befehl hin - nicht mehr aus den Augen. In der vergangenen Woche war sie ein paar Mal benommen aufgewacht, aber sie hatte - bis jetzt - keine großen Fortschritte gemacht.

Als wir in Janes Zimmer ankamen, saß sie auf ihrem Bett, Raj neben ihr, und starrte ausdruckslos auf die weiße Wand vor sich. Obwohl ihre Augen vor einer Woche noch sehr trüb gewesen waren, begannen sie sich langsam zu klären und ich konnte endlich wieder ihre grüne Iris sehen.

„Jane?", fragte ich an der Tür.

Sie antwortete nicht.

„Jane, ich bin's, dein Bruder."

Raj schaute zu mir hinüber und runzelte die Stirn. „Sie ist nicht ansprechbar. Ich habe es jedes Mal versucht, wenn sie aufgewacht ist, aber … sie hat ihre Augen leicht bewegt und aufgehört, seinen und ihren Namen zu murmeln", sagte er und meinte damit Dolus und Scarlett. Raj stand auf und legte seine Hand auf meine Schulter. „Es geht zwar langsam, aber es ist ein Fortschritt. Ich lasse dir etwas Zeit mit ihr allein." Er sah zu Isabella hinüber. „Wir treffen uns heute Abend im Haupthaus der Lykaner zum Training. Wir müssen ein paar Dinge besprechen und Naomi braucht jemanden, der sie unterrichtet. Mehr kann ich nicht tun."

Nachdem Isabella genickt hatte, verließ er den Raum und schloss die Tür hinter sich. Isabella führte mich zu Rajs Platz. Ich setzte mich, nahm Janes Hand und legte meine Hand um ihre, in der Hoffnung, dass die Berührung von jemand Vertrautem ihr helfen würde, sich zu erinnern und in die Normalität zurückzukehren.

Sie drückte meine Hand so leicht, dass ich es kaum spürte, aber es brachte mich zum Lächeln. Sie war immer noch irgendwo da drinnen, auch wenn Dolus ihren Geist gefangen hielt und sich weigerte, sie freizulassen.

Ich sah über meine Schulter zu Isabella. „Wenn wir etwas finden, das ihren Fortschritt beschleunigt, könnten wir es auch auf andere Wölfe anwenden, die sich später infizieren."

„Wir können es versuchen, aber zuerst müssen wir etwas finden, das ihr hilft. Meine Mutter hat mir gesagt, dass sie schon fast alles versucht hatte, um sie zu heilen, aber nichts half. „Vielleicht ... vielleicht hat Derek etwas mitbekommen, als er gefangen war, was uns helfen könnte." Sie warf einen Blick zurück zur Tür und dann auf ihr Handy. „Aber ich muss jetzt gehen. Naomi und die Lykaner brauchen mich." Sie küsste mich auf die Lippen. „Meine Eltern haben dich und Kylo diese Woche zum Abendessen eingeladen. Wenn er zurückkommt, frag ihn, welcher Tag am besten passt." Nach einem weiteren Kuss auf die Lippen eilte sie zur Tür. „Ich werde auch versuchen, mit Derek zu reden. Ich liebe dich."

6

isabella

„WIR ALLE MÜSSEN DARAUF VORBEREITET SEIN, dass etwas passieren kann, dass einer von *uns* infiziert wird", sagte ich nach dem Training an diesem Abend zu den Lykanern, als ich vor dem Haupthaus stand und mich fragte, ob sich hier schon jemand infiziert hatte. „Wir dürfen keine Pausen machen. Wir dürfen uns von den Alphas nicht sagen lassen, dass sie unsere Hilfe nicht brauchen. Wir dürfen nicht die Konzentration verlieren. Ihr seid hier, weil ihr die stärksten Krieger aus euren Rudeln seid und weil ihr sie beschützen wollt. Lasst euch von Meinungen nicht verunsichern."

Ich musste an Kylo denken, der noch vor einem Monat die Lykaner gehasst hatte. Jetzt waren wir sozusagen die Einzigen, die unsere Spezies vor Dolus retten konnten. Die Mondgöttin hatte es selbst gesagt.

„Unsere Mondgöttin ist weggesperrt und kehrt nur zurück, wenn wir sie aus Dolus Gefängnis befreien. Ich will, dass alle an diesem Projekt arbeiten. Nichts ist wichtiger. Wir müssen sie befreien oder wir werden sterben."

Nachdem sich die Gruppe getrennt hatte, seufzte ich und ging mit Naomi und Raj in das Haupthaus, unfähig, mich auf etwas anderes zu konzentrieren. Kylo und Roman waren mir von vorhin noch frisch im Gedächtnis, aber Roman hatte recht. Ich konnte nicht zulassen, dass mir unsere Beziehung in die Quere kam. Ich hatte wichtigere Dinge, um die ich mich kümmern musste – zum Beispiel, wie wir die Mondgöttin aus der Gefangenschaft befreien konnten.

Ich saß an einem Konferenztisch und blätterte in einigen Papieren. Als die Tür aufging, sah ich auf. Oliver, einer der stärksten Lykaner kam herein.

„Du wolltest mich sehen?", fragte er und sah zwischen mir und Naomi hin und her.

„Ja, setz dich", sagte ich und deutete auf den Platz neben Naomi. „Ich möchte, dass du Naomi auf den neuesten Stand der Dinge bringst. Bring ihr bei, genauso hart zu kämpfen wie du. Bringen ihr bei, besser zu flirten als jeder Wolf. Nimm sie mit auf Missionen und zu Kontrollgängen zu den Rudeln im Norden."

Oliver blickte zu Naomi hinüber. „Sie ist, ähm, ein Mensch."

„Ganz genau. Selbst bei direktem Kontakt mit einem infizierten Wolf hat sie sich nicht angesteckt. Ich denke, das wird sie auch nicht. Sie ist geistig stark und sie wird in diesem Krieg unaufhaltsam und unsere größte Stärke sein. Enttäusche mich nicht."

Oliver nickte und gab Naomi ein Zeichen, ihm durch das Haupthaus und zurück nach draußen zum Trainingsplatz zu folgen, wo sie trainieren würden. Ich schaute aus dem Fenster, um sie zu beobachten, und nickte vor mich hin, als sie zu kämpfen begannen und Naomi tatsächlich anfing, ihm in den Arsch zu treten.

„Sie wird eine Killerin sein."

Raj schob mir einige Papiere zu und riss mich aus meiner Trance. „Zwölf Rudel sind bisher im Norden infiziert worden", sagte Raj und reichte mir eine Liste mit Rudelnamen, die mit einem roten X oder einem grünen Häkchen versehen waren. „Die Namen mit dem Häkchen kennzeichnen die Rudel, die näher an unserem Gebiet liegen und der Verderbnis besser zu widerstehen scheinen als die anderen, obwohl … ich bin mir nicht sicher, was die Ursache dafür ist, genauso wie wir es bei Jane nicht wissen."

„Wenn du sagst, dass sie der Verderbnis widerstehen, meinst du …

„Ich meine, dass die Infizierten Jane ähneln und sich in einem vegetativen Zustand befinden, unfähig, sich zu bewegen oder zu denken. Aber sie sind nicht außer Kontrolle und töten Menschen wie die Rudel im Norden. Es geht ihnen gut und sie sind im Moment harmlos."

Ich runzelte die Stirn. Ganze Rudel waren wie Jane? Konnten sich nicht bewegen? Konnten nicht denken? Konnten sich nicht gegen Raubtiere oder Wölfe verteidigen, die sie ohne große Konsequenzen töten konnten? Wenn möglich, mussten wir sie beschützen.

„Ich will, dass sie hierher gebracht werden", sagte ich zu ihm. „Alle harmlosen und verdorbenen Wölfe müssen in Sicherheit gebracht werden, sonst ist das alles umsonst. Sobald sie hier sind, wird alles nördlich unserer Grenzen als verdorbenes Land betrachtet. Danach darf kein Zivilist mehr in den Norden, nur noch Lykaner."

Raj nickte. „Es könnte ein paar Tage dauern, alle umzusiedeln, aber wenn wir Ressourcen dafür bereitstellen, könnten wir es schneller schaffen."

„Ich werde Kylo fragen, ob er uns ein paar Wölfe zur Seite stellen kann. Ich möchte aber, dass Roman hier bleibt. Wir haben schon zu viele durch diese Verderbnis verloren. Ich will nicht, dass noch mehr infiziert werden, bevor sie sich erholt haben."

Raj setzte sich hin und legte die Hände auf den Kopf. „Glaubst du, Roman wird das akzeptieren?"

„Wenn ich ihn dazu bringe", sagte ich mit einem Lächeln, da ich wusste, wie hartnäckig Roman wirklich war. Nachdem ich noch ein paar Papiere durchgeblättert hatte, hielt ich inne, als ich zu einigen Notizen über die göttlichen Wölfe kam. „Was ist das?"

Raj holte tief Luft, nahm mir das Papier ab und legte es flach auf den Tisch. „Seit du mir erzählt hast, dass die Mondgöttin gesagt hat, dass du und Kylo die göttlichen Wölfe seid, habe ich angefangen, in der Bibliothek der Lykaner über die Sagen und

Geschichten über sie zu lesen. Ich habe mich ausschließlich damit beschäftigt, während ich bei Jane im Krankenhaus war."

„Was hast du gefunden?"

„Ihre Geschichte – deine Geschichte – scheint sehr mit dem verbunden zu sein, was jetzt passiert, besonders mit Dolus und der Verderbnis. Es scheint, dass du und Dolus euch schon einmal getroffen habt, in euren ersten Leben. Es gibt tonnenweise Mythen darüber, was euch beiden im Laufe eurer Leben widerfahren ist, aber nur eine einzige Hauptgeschichte über das erste Leben als göttliche Wölfe und das ist eine Geschichte mit Dolus", sagte Raj.

Ich hob eine Augenbraue. „Und, wirst du es mir erzählen oder muss ich diese Bücher finden und sie selbst lesen?"

Raj kratzte sich am Hinterkopf, als wolle er kein Wort mit mir darüber reden. Dann seufzte er. „Vor Tausenden von Jahren verliebte sich Dolus in eine Menschenfrau. Da er die Ewigkeit mit ihr verbringen wollte, versuchte Dolus unaufhörlich, sie in eine Göttin zu verwandeln. An diesem Punkt der Geschichten scheint alles in der Übersetzung verloren zu gehen, aber was ich mir zusammengereimt habe, ist, dass er sich mit der Magie noch nicht so gut auskannte, da er ein neuer Gott war, und so verwandelte er sie schließlich in einen göttlichen Wolf statt in eine Göttin. Und in dem Prozess verwandelte er auch den Anführer ihres Stammes in einen göttlichen Wolf."

Meine Augen weiteten sich bei dem bloßen Gedanken an die Zeit vor siebentausend Jahren.

„Und weil es bei Vollmond geschah, hat die Mondgöttin diese Kreaturen als ihre eigenen beansprucht und sie für immer zu Partnern gemacht. Die Frau, die Dolus einst geliebt hat, ist so für immer von ihm gegangen. Deshalb kämpft er gegen die Mondgöttin und hat sie gefangen genommen: Er will seine Geliebte eines Tages wieder für sich haben."

„Mich?", flüsterte ich und schluckte schwer.

„Wenn die Mythen stimmen, ja. Dolus ist hinter dir her."

7
roman

NACHDEM ICH EIN paar Stunden mit Jane verbracht und mich mit Isabellas Mutter darüber unterhalten hatte, wie es Jane in den vergangenen Tagen ergangen war, stand ich vor dem Krankenhaus und lehnte mich an das Geländer, von wo aus ich den Wald überblicken konnte. Ich starrte in die Dunkelheit und fragte mich, wo Dolus sein könnte. Er musste auf der Lauer liegen und darauf warten, dass wir einen Fehler machen, dass er angreifen und versuchen könnte, mir Isabella zu entreißen.

Wo auch immer dieser Gott war … wir mussten ihn aufhalten, bevor er noch mehr Mitglieder meines Rudels infizierte. Er hatte bereits Derek und die Mondgöttin entführt und Jane infiziert. Ich wusste nicht, wie er es getan hatte und ich wusste nicht, was ihren Zustand verbessern würde.

Isabella hatte mir gesagt, dass sie heute zu Derek gehen würde, um über Dolus zu reden und zu versuchen, etwas herauszufinden. Und ich hatte es nicht übers Herz gebracht, ihr zu sagen, dass Derek nicht hier war. Er war nur ein Geist, den Scarlett hinterlassen hatte, um Isabella für immer zu verhöhnen.

Bevor Isabella Anfang der Woche zu ihm gegangen war, um mit ihm zu sprechen, hatte ich mich vergewissert, dass die Berührung seines Geistes ihr nicht schaden würde. Ich konnte ihn nicht sehen, aber ich konnte eine Präsenz um eine der Eichen herum spüren. Es war nichts Dunkles und Böses, nur eine quälende Präsenz, die nicht verschwinden wollte.

Ich wollte nicht, dass Isabella ihn umarmt und sich ansteckt, also habe ich es vor ihr ausprobiert.

Ich hatte jedoch das Gefühl, dass Derek, solange dieser Geist noch da war, irgendwo in Dolus Gewalt noch am Leben war.

Wir mussten schnell handeln.

Es war nicht auszuschließen, dass Dolus Derek töten würde.

Und ich würde auf keinen Fall zulassen, dass er mir auch noch Isabella wegnahm.

In der Ferne rannte Kylo durch den Wald und verwandelte sich, um ins Krankenhaus zu kommen. Ich ballte die Fäuste, während ich ihn anstarrte, eine zunehmend nerviger Teil meines Lebens. Wahrscheinlich dachte er, dass Isabella noch hier war.

Zuerst musste ich es mögen, weil die Mondgöttin das für Isabella ausgesucht hatte.

Verdammt, zeitweilig hatte ich kein Problem damit.

Jetzt, nach meinem Gespräch mit Isabella, begann ich es langsam zu verabscheuen. Ich hatte bemerkt, wie sie ihn vorhin angesehen hatte. Die Liebe in *ihren* Augen, nicht in denen ihrer Wölfin. Sie hatte Angst, dass sie ihn mir vorziehen würde, und jetzt … hatte ich auch Angst davor.

Wenn ich sie *komplett* an Kylo oder Dolus verlieren würde, würde ich ausrasten.

Fünf Minuten später klopfte mir jemand auf den Rücken und lehnte sich neben mich gegen das Geländer, bekleidet mit den Klamotten, die wir am Eingang des Krankenhauses aufbewahrt hatten.

Kylo nickte mit dem Kopf in Richtung des Krankenhausausgangs. „Wo ist Isabella hin?"

Anstatt den Mann anzusehen, der mir meine Partnerin wegnahm - obwohl ich wusste, dass keiner von ihnen etwas dafür konnte -, richtete ich meinen Blick auf die monströsen Bäume und presste meine Kiefer zusammen. „Sie ist zum Training mit den Lykanern gegangen. Sie wird zum Abendessen zurück sein."

„Wie geht es deiner Schwester?", fragte Kylo, während ihm der Schweiß von seinem Training den Nacken hinunterlief.

„Gut."

Kylo blieb einige Augenblicke lang still und zog dann seine Hand von meinem Rücken. „Was ist los mit dir?"

„Isabellas Eltern möchten, dass du mit uns zu Abend isst. Willst du mitkommen?", fragte ich Kylo, wobei ein Teil von mir hoffte, dass er Nein sagen würde.

Sie hatten noch nie Zeit zusammen verbracht und das sollte auch so bleiben, denn ... ich wollte nicht, dass ihre Eltern Kylo mehr mochten als mich.

Es war nicht so, dass ich eifersüchtig auf ihn oder besitzergreifend gegenüber Isabella war. Naja, vielleicht ein bisschen besitzergreifend. Isabella war und würde immer mir gehören, ob Kylo nun im Spiel war oder nicht. Aber sie konnte aus freien Stücken tun, was sie wollte, außer wenn es um einen Partner ging. Sie durfte Kylo nicht abweisen.

Deshalb verstand ich es.

Deshalb habe ich jeden Tag unermüdlich versucht, es zu akzeptieren.

Nehme ich es ihm trotzdem immer noch etwas übel? Vielleicht. Hätte ich lieber Isabella für mich allein gehabt? Ja, verdammt.

Kylo beugte sich über das Geländer und starrte in den Wald hinaus, seine Augen glühten golden, als ob sein Wolf an der Oberfläche war. Ich spannte mich an und sah runter auf den Boden unter uns, ballte meine Hände zu Fäusten.

Ich hatte allerdings noch eine Frage.

„Warum bist du heute Morgen uneingeladen in mein Haus gekommen?", fragte ich ihn und verkrampfte meine Fäuste noch mehr. Ich konnte nicht verhindern, dass sich bei dem Gedanken, dass er ohne Isabellas oder meine Erlaubnis mein Haus betreten hatte, in mir nichts als Wut anstaute, mehr und mehr und mehr.

Kylo sah zu mir herüber, die Stirn gerunzelt, als würde er nicht verstehen, warum ich wütend war. „Mein Wolf spürte, wie sie nach ihm rief. Sie war läufig. Ich musste sie markieren. Wenn deine Partnerin läufig wäre, würdest du dasselbe tun, Roman."

„Sie ist meine Partnerin", knurrte ich und meine Eckzähne schoben sich über meine Lippen. Etwas regte sich in mir, ich wollte nach vorn greifen und ihm den Hals umdrehen. Isabella gehörte mir und war immer, immer, immer mein gewesen. Sie war nie mit einem anderen Mann zusammen gewesen. „Sie gehört mir."

Kylo legte eine Hand auf meine Brust. „Ich werde nichts mit ihr machen, bis ich es dir sage."

Ich schubste ihn fast unwillkürlich mit meiner Hand gegen seine Brust. „Du wolltest sie markieren."

„Was zum Teufel ist los mit dir?" Kylo packte mich am Kragen und zog mich an sich, die Eckzähne wurden länger und seine Augen leuchteten in einem noch helleren Gold. „Ich dachte, wir hätten bereits über sie gesprochen."

Langsam zog ich meine Hände weg und fuhr mir mit der Zunge über die Zähne, weil ich nicht wusste, warum ich ihn so harsch angefahren hatte. Wir hatten bereits darüber gesprochen und ich hatte ihm gesagt, dass ich damit einverstanden war – bis zu einem gewissen Grad. Warum hatte ich so überreagiert und das auch noch so schnell?

"Ich ... ich weiß nicht", sagte ich und holte tief Luft, während mir plötzlich ein Gedanke in den Sinn kam ... Dolus.

Das Chaos. Die Verderbnis. Die Krankheit.

Hatte es mich bereits infiziert? War es das, was hier passierte?

Das glaubte ich nicht, denn ich fühlte mich nicht so vereinnahmt oder verzehrt wie Jane. Ich war nicht vollkommen verrückt und tötete grundlos Menschen, wie Scarlett und ihr Rudel. Ich konnte immer noch denken und fühlen und Isabella lieben. Vielleicht war es gar keine Verderbnis, sondern etwas ganz anderes, wie ein angeborenes Bedürfnis, mit Isabella zusammen zu sein und sie immer für mich zu haben.

8
isabella

„IST Dolus wirklich hinter mir her?", fragte ich Derek, als ich auf dem Feld saß, auf dem Scarlett mir einst gedroht hatte, mich umzubringen. Während es über dem Dickicht nieselte, fuhr ich mit den Fingern durch das Gras, lehnte mich an eine riesige Eiche und ließ die Tropfen über mein Gesicht laufen.

Nach meinem Treffen mit den Lykanern und den Informationen, die Raj über Dolus gefunden hatte, fühlte ich mich … unwohl, um es vorsichtig auszudrücken. Mein Magen verdrehte sich bei dem bloßen Gedanken daran, Roman davon zu erzählen. Ich wollte nicht, dass er noch eifersüchtiger oder wütender auf mich wurde und vor allem wollte ich nicht, dass er anfälliger für die Dunkelheit wurde, die im Wald lauerte.

Würde er wissen, dass noch ein Mann mich haben wollte, würde er wahrscheinlich in tausend Stücke zerspringen.

Ein Regentropfen kullerte von einem Blatt auf meine Stirn und ich rutschte tiefer an den Baum gelehnt herunter und schwor mir, dass ich diesen Wahnsinn beenden würde, bevor es noch schlimmer werden würde. Wir hatten so viel zu tun, dass ich nicht wusste, ob wir es schaffen würden, irgendwas hinzubekommen, bevor wir erledigt waren.

Derek lehnte sich neben mir an dem Baum und lächelte mit

diesen dunkelbraunen Augen. „Ich habe dich so sehr vermisst, Isabella.“

„Derek …“ Ich lehnte meinen Kopf gegen die Baumrinde und seufzte innerlich.

Ich wollte zu ihm hinüberkriechen, sein Gesicht in meine Hände nehmen und ihm sagen, dass er mir vertrauen konnte. Aber nach allem, was er durchgemacht hatte, würde ich verstehen, wenn er das nicht konnte. Und ich berührte ihn nicht, da Kylo mir vor einer Woche gesagt hatte, dass er nicht real sei.

Der Derek, der mir jetzt gegenüberstand, *war* echt. Das musste er sein. Aber ich war immer noch nervös.

„Du bist nicht hilfreich. Erzähl mir etwas, das du gesehen hast, als Dolus dich entführt hat. Alles kann wichtig sein“, beschwerte ich mich, während ich Gras aus der Erde zog und beobachtete, wie leicht etwas Lebendiges sterben konnte. Es war ein einfaches Ziehen, ein einfaches Ziehen an den Wurzeln.

Das Leben war mehr als zerbrechlich.

„Roman“, sagte Derek, während er durch den Wald starrte und den Regen beobachtete.

„Was ist mit Roman?“

„Roman.“ Er drehte sich wieder zu mir um und seufzte. „Er ist da.“

Ich runzelte die Stirn. Ich konnte mir keinen Reim darauf machen, was er gesagt hatte. Als ich mich aufsetzte, lehnte ich mich näher zu ihm und betrachtete seine Gestalt, die an den Rändern etwas verschwommen wirkte, mit zusammengekniffenen Augen. „Wovon redest du?“

Derek zeigte tief in den Wald hinein. „Roman ist dort.“

Ich folgte seinem Finger und sah durch den Wald Romans Gestalt, der sich näherte. Er stand ein paar hundert Meter nördlich, starrte mich in seiner Wolfsgestalt an und nickte in Richtung des Haupthauses. Wenige Augenblicke später erschien Kylo hinter ihm, seine goldenen Augen leuchteten so hell wie die Sonne.

„Ich muss gehen“, sagte Derek hastig. „Sag Roman nicht, dass ich hier war.“

Als er davonhuschte und nach Süden in den Wald lief, sah ich ihm stirnrunzelnd hinterher. Es war fast so, als ob ausgerechnet Derek aus irgendeinem Grund Angst vor Roman hatte. Aber ..., wenn Derek Angst vor Roman hatte, bedeutete das, dass dieser Derek nicht der echte war. Und dass ich mit einem Geist gesprochen hatte, einer von Dolus Schöpfungen.

Tief im Inneren wusste ich, dass es die ganze Zeit so gewesen war ... aber ich vermisste ihn so sehr.

Scarlett hatte ihn aus meinem Leben gerissen und mir ... mir ist es nicht leichtgefallen.

Ich brauchte ihn zum Reden, um mit dem ganzen Mist fertig zu werden, der sich in den letzten Wochen angesammelt hatte. Denn es war schwierig, mit niemandem mehr über irgendetwas reden zu können. Ich fühlte mich schlecht, weil ich mit Roman über Kylo gesprochen hatte, ich fühlte mich schuldig, weil ich überhaupt mit Kylo *gesprochen* hatte, und ich hatte nicht mehr mit Vanessa reden können, seit sie fast gestorben war.

Nachdem ich meine Gedanken beiseitegeschoben hatte, verwandelte ich mich in meine Wölfin und rannte zu meinen Partnern, bereit, Kylo zum ersten Mal offiziell meinen Eltern vorzustellen. Aber dass meine Eltern endlich meine beiden Partner auf einmal trafen, machte mich nervös, denn irgendetwas fühlte sich nicht richtig an.

Die lauernde Dunkelheit schien zu nah.

9

kylo

„ICH WEISS, *dass der Hackbraten schlecht ist, aber versuche wenigstens ihn aufzuessen. Meinem Vater zuliebe"*, sagte Isabella über die Gedankenverbindung zu mir und betrachtete den letzten Rest des Hackbratens auf meinem Teller, in den ich Mais und Erbsen gedrückt hatte.

Ich machte mich auf das Schlimmste gefasst und stopfte mir den letzten Bissen in den Mund, schob ihn mir in den Hals und versuchte, nicht zu würgen. Mama würde sicher liebend gerne hierherkommen und ihrem Vater das Kochen beibringen. Sie machte jeden Tag tonnenweise Essen für die Rudelkrieger.

„Wie war das Essen?", fragte Isabellas Vater.

„Großartig", sagte Roman neben Isabella.

„Der beste Hackbraten, den ich je gegessen habe. Das müssen wir wiederholen", sagte ich, was mir einen harten Tritt von Isabella unter dem Tisch einbrachte.

Sie warf mir einen strengen Blick zu, der mir sagte, dass ich es nicht übertreiben sollte, lächelte ihren Vater an und zeigte ihm einen Daumen-hoch" – wahrscheinlich, weil sie ihm nicht ins Gesicht lügen konnte.

Isabellas Mutter stand auf und holte ein paar schmutzige Teller, um sie in der Spüle zu säubern. Roman nahm ihr einige davon ab und bot seine Hilfe an. Ich setzte mich unbeholfen neben Isabella, weil ich auch helfen wollte, aber drei Helfer an einem Waschbecken wären zu viel.

„Isabella hat mir erzählt, dass du ihr helfen wirst, die Ausbreitung der Verderbnis zu stoppen", sagte Isabellas Vater, lehnte sich in seinem Stuhl zurück und sah zu uns herüber. „Habt ihr zwei überhaupt Fortschritte gemacht? Habt ihr noch etwas über Jane herausgefunden?"

Isabella zuckte mit den Schultern. „Noch nicht viel. Raj untersucht die Mythen über die ersten göttlichen Wölfe und den Ursprung von Dolus. Bis jetzt gibt es nicht viel, aber nach dem, was er mir erzählt hat, passiert das alles aus Rache. Dolus schien mal ein anständiger Kerl gewesen zu sein."

„Anständiger Kerl?", witzelten Isabellas Vater und ich gleichzeitig.

Isabella öffnete den Mund, um noch etwas zu sagen, presste dann aber die Lippen zusammen und rutschte weiter in ihren Stuhl herunter, als hätte sie das lieber für sich behalten wollen.

Ihr Vater gluckste und stand auf. „Nun, ich werde dir Bescheid geben, wenn wir im Krankenhaus etwas finden." Er schüttelte mir die Hand. „Es war schön, dich endlich kennenzulernen, Kylo. Meine Schicht beginnt in einer halben Stunde, also mache ich mich besser fertig. Wir sehen uns später, Alpha Roman!"

Roman lächelte ihn an. „Man sieht sich."

Und ich konnte nichts dagegen tun, einen Hauch von Eifersucht zu verspüren, weil sie alle so gut miteinander auskamen. Für Roman, Isabella und ihre Eltern schien alles so selbstverständlich zu sein. Ich hatte das Gefühl, dass ich das ganze Abendessen über gestört hatte, obwohl sie es mir so angenehm wie möglich machten. Irgendetwas stimmte nicht. Ich sehnte mich danach, auch so eine Beziehung zu den Eltern meiner Partnerin zu haben.

Als ihr Vater ging, lehnte sich Isabella zu mir rüber. „Hat Roman irgendetwas zu dir gesagt?", flüsterte sie und rutschte mit großen blauen Augen auf ihrem Sitz hin und her. „Seit wir den Wald verlassen haben, ist mein Magen wie verknotet."

Ich warf einen Blick über ihre Schulter zu Roman, der Isabellas Mutter anlächelte, und kniff die Lippen zusammen. Ich wollte nicht, dass Isabella in das hineingeraten würde, was auch immer mit ihm los war. Er war heute viel zu aggressiv geworden, selbst nachdem wir gesprochen und uns darauf geeinigt hatten, wie wir unsere Beziehung angehen wollten.

„Nein", sagte ich.

Isabella folgte meinem Blick und runzelte die Stirn. „Bist du sicher?"

„Ja."

Sie hielt inne und schaute zurück. „Warum lügst du mich an?"

Nachdem ich tief ausgeatmet hatte, neigte ich mich näher zu ihr, weil ich sie riechen musste, um mich zu beruhigen. Wenn ein anderer Alpha wütend war, wollte mein Wolf herauskommen und es ihm gleichtun, um die zu schützen, die ich liebte.

Doch Isabella wich zurück, um Platz zwischen uns zu schaffen.

„Ich… Ich will nur nicht, dass du ihn hasst." Ich seufzte. Und ich wollte die Beziehung zu Isabella aufrechterhalten.

Mein Wolf war in den letzten Tagen sehr viel besitzergreifender geworden, besonders nachdem sie läufig wurde. Wenn wir in unserer Beziehung rückwärts statt vorwärts gingen, fürchtete ich, dass er die Kontrolle verlieren würde.

Sie verdrehte die Augen. „Komm schon. Ich kann Roman nicht hassen."

Aber sie konnte mich hassen. Sie konnte sich wegen seiner Unsicherheiten weigern, mit mir zusammen zu sein.

„Ist dir etwas an Roman aufgefallen? Scheint er aggressiver zu sein, seit er mit Scarlett aus dem Wald nach Hause gekommen ist?", fragte ich sie.

„Eigentlich nicht. Warum?" Sie runzelte die Stirn. „Ich meine, es würde mir zugegebenermaßen nicht auffallen, wenn er aggressiver wäre. Ich liebe ihn so und würde mich nicht beschweren. Aber im Großen und Ganzen hat er nicht so gewirkt."

„Wir haben uns vorhin unterhalten", sagte ich. „Er schien anders zu sein – das ist alles."

„Inwiefern?", fragte sie.

Ich wollte es ihr sagen, aber ich tat es nicht. Es war falsch, es zu verheimlichen, aber ich konnte nicht anders. Ich wollte mit Isabella zusammen sein, auch wenn Roman im Spiel war. Damit würde ich umgehen können. Aber nicht damit, wenn Isabella entscheiden sollte, dass wir uns nicht mehr sehen durften …

Scheiße, ich wusste nicht, was ich tun sollte.

Ich liebte sie verdammt noch mal.

Nachdem sie wieder streng eine Augenbraue gehoben hatte, schob sie mich in die Küche. „Nun, bis du es herausgefunden hast – warum gehst du nicht zu Roman, um reinen Tisch zu machen? Hilf ihm mit dem Geschirr und sag meiner Mutter, sie soll herkommen. Ich muss mit ihr reden."

Ich steckte die Hände in die Taschen, entließ Isabellas Mutter und nahm einen Teller aus dem Waschbecken, um ihn neben Roman abzuwaschen. Roman nahm mir den Teller ab und trocknete ihn mit einem Geschirrtuch.

„Hör zu, es tut mir leid", sagte Roman und sah zu Isabella rüber, die im anderen Zimmer mit ihrer Mutter sprach. „Ich … ich weiß nicht, was vorhin in mich gefahren ist. Ich habe die Kontrolle verloren. Es wird nicht wieder vorkommen."

„Verlierst du oft die Kontrolle?", fragte ich ihn und presste meine Kiefer zusammen.

Roman spannte sich an und sah zu mir herüber. „Was soll das denn heißen?"

„Es ist nur eine Frage." Ich schnappte mir einen weiteren Teller.

„Du hast es gesagt, als würdest du mich für etwas beschuldigen." Roman entriss mir den Teller, trocknete ihn ab und legte ihn auf die anderen Teller. „Du bist nicht derjenige, der sowas sagen sollte. Du hast heute Morgen die Kontrolle verloren und bist ohne meine Erlaubnis in meinem Haus gelandet."

„Du hast uns nie erzählt, was mit Scarlett passiert ist", sagte ich, vorsichtig und mit klarem Verstand, denn jemand musste es tun.

Roman war Isabellas Partner, also konnte ich es ihr nicht

verübeln, dass sie nicht vermutete, dass etwas mit ihm nicht stimmen könnte. Aber er gehörte nicht zu mir und ich hatte seine Lügen durchschaut, seit wir Teenager waren.

Doch gleichzeitig konnte ich nicht wirklich klar denken. Mein Wolf hatte auf Isabellas Wölfin reagiert, er wollte sie so schnell wie möglich befriedigen, er wollte markieren, was ihm gehörte, und wurde von Tag zu Tag aggressiver, bis er sie beanspruchen konnte.

Meine Sicht auf die Dinge war momentan getrübt.

„Warum willst du etwas über Scarlett wissen?", fragte Roman mich.

„Weil du über einen Tag lang mit ihr verschwunden warst."

„Und ich habe sie zurückgebracht, genau wie wir es geplant hatten. Sie wäre nicht freiwillig mit dir zu deinem Rudel zurückgekommen. Sie mag dich verdammt noch mal nicht." Roman atmete tief aus, seine Fäuste entspannten sich. „Hör mal, ich habe getan, was ich tun musste, um sie hierher zurückzubringen."

„Hattest du Sex mit ihr?", fragte ich und knirschte mit den Zähnen. „Weil du nicht gesagt hast, wie."

Roman knurrte: „Was ist das für eine dumme Frage? Ich würde niemals Isabellas Vertrauen brechen. Ich würde nie mit einer anderen Frau schlafen. Von dem Moment an, als ich achtzehn wurde, habe ich sie geliebt und Scarlett verlassen, weil ich wusste, dass Isabella meine Partnerin ist. Frag nicht so einen Scheiß. Das lässt dich eifersüchtig wirken."

„Wegen Isabella?", fragte ich und hob eine Augenbraue. „Weil du weißt, was ich von ihr und dir halte?"

„Wegen Scarlett", antwortete Roman mit geblähten Nasenflügeln. „Und wenn wir uns schon gegenseitig dumme Fragen stellen, dann habe ich auch eine für dich."

„Na dann los", sagte ich und hatte das Gefühl, dass mich nichts aufhalten konnte.

Roman hielt inne, als ob er nicht fragen wollte, aber er hatte sich im Moment nicht unter Kontrolle. Sein Wolf hatte sie. „Wie fühlt es sich an, in diesem Leben nicht als wahrer Partner von Isabella auserwählt worden zu sein? Zu wissen, dass ihr schon vor

Tausenden von Jahren dazu bestimmt wurdet, zusammen zu sein, aber dass ich in dieser Zeit ihr erster Partner bin?"

Ich ballte meine Hände zu Fäusten. „Willst du meine richtige Antwort oder eine respektvolle?"

„Deine richtige Antwort".

„Es ist zum Kotzen", sagte ich und sah zu, wie Isabella ihre Mutter umarmte. „Ich will sie für mich haben. Wenn es nach mir ginge, würde ich sie nicht mit dir teilen. Wenn die Mondgöttin uns zu Partnern gemacht hätte, müsste ich mir keine Sorgen machen." Ich wusste, dass es nichts bringen würde, so mit ihm zu streiten – obwohl ich damit angefangen hatte. Also seufzte ich und entspannte mich unter Isabellas intensivem Blick aus dem Wohnzimmer. „Aber es ist nun mal so, wie es ist. Du warst mein bester Freund. Ich schätze, ich würde sie lieber … mit dir teilen als mit jemandem, den ich hasse."

Aufgebracht sah Roman zu mir rüber, seine Fäuste entspannten sich und seine Wut ließ langsam nach.

Ich atmete noch einmal tief aus. „Hast du wenigstens etwas Ungewöhnliches gesehen, während du mit Scarlett zusammen warst? Irgendetwas, mit dem wir sie und Dolus zur Strecke bringen könnten?"

Roman hielt inne, sein Blick schwankte für einen kurzen Moment, und dann sagte er schließlich: „Ihr Rudel war weg. Komplett weg, bis auf ein paar Leichen. Die Gerüchte über den Ausbruch des Krieges sind wahr. Die Mitglieder ihres Rudels vernichten alle da draußen."

10

isabella

SPÄTER LAG ich auf dem Rücken, mit Roman über mir, sein Schwanz tief in meiner Muschi versenkt.

„Roman", flüsterte ich, grub meine Krallen in seinen Rücken und keuchte. „Meine Läufigkeit."

Es war vier Uhr morgens und ich hatte die ganze Nacht nicht einschlafen können, weil ich befürchtete, dass meine Wölfin die Kontrolle über mich übernehmen und mich zwingen würde, ohne mein Wissen zu Kylo zu laufen. Also blieb Roman die ganze Nacht bei mir und schlief nicht ein einziges Mal ein. Und als ich endlich spürte, wie das Feuer in mir verglühte, rollte er mich auf den Rücken und sagte mir, dass er mich so lange nehmen würde, wie ich ihn bräuchte.

Roman knurrte mir ins Ohr, seine Eckzähne streiften seine Markierung und ließen mich vor Lust erschaudern. „Es ist schlimmer als beim letzten Mal." Er streifte seine Nase an meinem Hals hoch, griff mir an die Kehle und drückte sie leicht zu. „Willst du Kylo?"

Da ich wusste, dass er sich noch nicht wohlfühlte, schüttelte ich den Kopf. Wenn ich für den Rest meines verdammten Lebens Hitze ertragen musste, bevor Roman sich wohlfühlte, dann wäre das halt so. Kylo war vielleicht mein allererster Partner, die andere Hälfte der göttlichen Wölfe, aber er war nicht in diesem Leben mein Partner. Ich sollte diese Gedanken und diese Reaktion auf Kylo nicht haben.

Die Mondgöttin hatte sogar zugegeben, dass wir nicht zusammengehören.

Wenn sie es gewollt hätte, wären wir es gewesen. Aber sie hatte Kylo die Möglichkeit gegeben, eine andere Partnerin zu bekommen und er hatte abgelehnt. Das musste ihr Werk sein, sie wollte, dass Kylo und ich zusammen sind, obwohl sie wusste, dass ich einen Partner hatte. Sosehr ich sie retten musste und auch wollte, war ich doch irgendwie sauer auf sie, weil sie Kylo, Roman und mir das antat.

Und wofür? Nur um Dolus loszuwerden? Wenn diese Mythen auf Tatsachen beruhten, dann hatte die Mondgöttin mich – oder die erste göttliche Wölfin – von Dolus weggeholt. Sie hatte dieses Chaos in der Welt ausgelöst, weil sie wollte, dass die Wölfe sie verehren.

Natürlich liebte ich … *Liebte*? … Kylo auch. Aber ich habe Roman zuerst geliebt.

Während meine Haut in Flammen stand, spürte ich, wie meine Wölfin erwachte. Ich schnupperte und roch Kylo in der Ferne. Alles in meiner Wölfin entspannte sich, weil ich wusste, dass er kam, um sie zu holen. Aber ich fing langsam an, sie zu verachten.

Ehe ich mich versah, riss Kylo die Schlafzimmertür auf und stürmte ins Zimmer, seine Augen leuchteten wie die Sonne. Er eilte zu uns herüber, die Eckzähne in kompletter Länge, vollkommen von seinem Wolf kontrolliert. Ich konnte in seinen Augen sehen, dass dies nicht sein wahres Ich war.

Gerade als er sich auf mich stürzen wollte, schoss Roman hoch und packte ihn an der Kehle, was ihn sofort stoppte. Meine Augen weiteten sich und meine Muschi zog sich bei Romans Stärke vor Lust zusammen. Roman war noch nie stärker gewesen als Kylo, vor allem, wenn er von seinem Menschen kontrolliert wurde und

Kylo von seinem Wolf. Wölfe überwältigten die Menschen normalerweise leicht.

Aber das war … Dominanz.

„Fick mich härter", flüsterte ich, schloss meine brennenden Augen und entspannte mich nur leicht bei dem Geruch von Kylo und der Art, wie Romans Mund über meinen Körper glitt. „Bitte, Roman, fester."

Roman stieß Kylo so hart zurück, dass er gegen die Wand knallte und eine Delle hinterließ, und war dann über mir. Sein großer Körper schirmte meinen ab und er stieß immer wieder in mich. Als er mich umschloss, fühlte sich mein Körper an, als würde er brennen, mir lief der Schweiß den Nacken hinunter und das Feuer in meinem Inneren loderte.

Ich grub meine zitternden Finger in seinen Rücken, so fest, dass Blut floss, und heulte die Mondgöttin an. Warum hatte sie mir eine zweite Läufigkeit zugemutet, nachdem ich mich mit Roman gepaart hatte? Es war schrecklich, einem ihrer stärksten Kriegerwölfe, der geschworen hatte, für sie zu kämpfen, so etwas anzutun.

Verzweifelt versuchte ich, den Schmerz zu lindern, presste meine Lippen auf Romans und flehte ihn an, weiterzumachen. Ich zog mich ein wenig zurück und schaute zu Kylo hinüber, der diesmal wirklich die Kontrolle verlor und sich in seinen Wolf verwandelte. Und dass Roman sich einen Dreck darum scherte und mich weiter fickte, während in unserem eigenen Schlafzimmer eine Bedrohung stand, hatte etwas Wildes und ließ mich noch leidenschaftlicher werden.

„Deine enge kleine Muschi gehört mir, Isabella", knurrte Roman in mein Ohr, saugte und nagte an seiner Markierung und kühlte mich etwas ab, obwohl meine Wölfin darum bettelte, ihn wegzustoßen und sich in Kylos Arme zu werfen. Roman hob seinen Kopf, packte meinen Kiefer und zwang mich, zu ihm hochzusehen. „Du gehörst mir, verdammt! Du wirst mich ansehen, wenn *mein Schwanz* dich zum Kommen bringt. Hast du mich verdammt noch mal verstanden?"

„Aber Kylo ist …"

„Es ist mir scheißegal, ob Kylo in unserem Schlafzimmer die Kontrolle verliert", knurrte Roman, packte Kylo wieder am Hals, als der sich auf uns stürzte und schob ihn weg. „Du gehörst verdammt noch mal mir. Er kann versuchen, mich in Stücke zu reißen, um heute Nacht an dich heranzukommen, aber das wird nicht passieren."

Meine Muschi zog sich um seinen Schwanz zusammen, meine Beine zitterten, als ich den Anblick von Roman wahrnahm.

Roman rammte sich noch einmal in mich hinein und nahm eine meiner Brustwarzen in den Mund, wobei er grob daran zerrte. „Die Art und Weise, wie sich deine klatschnasse Muschi an mich presst, sagt mir, dass du es verdammt nochmal auch liebst."

Der Schweiß lief mir über die Brust, ich zerrte an seinem Haar und drückte meinen Rücken durch. Mein Körper fühlte sich an, als stünde er in Flammen und zitterte gleichzeitig vor Lust. Ich ritt auf seinen Stößen, wippte mit den Hüften vor und zurück und sehnte mich nach Erlösung.

„Bettle darum", sagte Roman, zog sich aus mir zurück und drehte mich auf den Bauch. Er legte seine Hand unter meine Kehle und stützte sein ganzes Gewicht auf meinen Rücken, sodass ich mich nicht mehr bewegen konnte, selbst wenn ich es versuchte. „Sieh deinen Partner da drüben an und sag ihm, dass du willst, dass *ich* dich zum Kommen bringe."

Ich starrte zu Kylo hinüber, der seine großen Eckzähne bleckte, und stöhnte auf. „Bitte, Roman", wimmerte ich und keuchte. Der Raum schien noch heißer zu werden, je näher ich meinem Orgasmus kam. „Bitte, gib es mir. Lass mich für dich kommen. Ich brauche es."

Ein letztes Mal stürzte sich Kylo auf uns und ich drückte aus Reflex die Augen zu. Aber als nichts passierte, öffnete ich sie wieder, um zu sehen, dass Roman ihn an der Kehle gepackt hatte und ihn nur wenige Zentimeter von uns entfernt in der Luft baumeln ließ. Er rammte seinen Schwanz ein weiteres Mal in mich, sodass ich kam. Ich krallte mich in mein Kissen, riss die Nähte auseinander und schrie Romans Namen in den Himmel, mein ganzer Körper zitterte, als ein unbändiger Orgasmus meinen Körper durchzog.

11
isabella

ICH LEGTE mich zurück auf das Bett, meine Hitze ließ langsam nach, aber sie war immer noch da. Es war schlimmer als beim letzten Mal und ich konnte mir nur vorstellen, wie die folgenden Nächte für mich und Kylo werden würden, wenn ich nicht zuließ, dass er mich markierte. Meine Wölfin wollte ihn so sehr, aber tief im Inneren wollte ich es nicht. Ich wollte nicht nur warten, bis Roman bereit war, sondern auch selber bereit sein.

Und in diesem Moment war ich es nicht.

Was ich mit Roman hatte, war wirklich verdammt gut. Ich wollte es nicht versauen.

„Raus aus meinem Haus", knurrte Roman Kylo an.

Ich legte ihm eine Hand auf die Brust, beruhigte ihn aber nur leicht. „Nein, wir müssen darüber reden, ich kann das nicht noch eine weitere Nacht mitmachen und wir sind keinen verdammten Schritt näher dran, die ganze Sache in Ordnung zu bringen. Wir müssen uns etwas einfallen lassen, denn Dolus kommt immer näher."

Nachdem er vor sich hin gegrummelt hatte, wandte sich Roman an Kylo. „Wenn du sie anfasst, bringe ich dich um."

Nachdem ich meinen Blick von Roman gelöst hatte, lehnte er sich mit der Hand auf meiner Schulter gegen das Kopfteil.

Ich sah wieder zu Kylo. „Es ist nicht so, dass ich dich nicht will, denn meine Wölfin will dich. Es ist nur …"

„Nur was?", fragte Kylo mit einer Stimme, die leiser war, als ich sie je gehört hatte.

„Kylo", flüsterte ich und nahm trotz Romans Knurren seine Hand in meine. „Meine Wölfin will, dass du mich markierst, aber ich … ich will das jetzt nicht. Ich weiß, dass es scheiße ist. Ich weiß, dass es schwer sein wird. Aber ich … ich habe das Gefühl, dass wir uns kaum kennen. Und obwohl ich mich durch meine Wölfin mit dir verbunden fühle, brauche ich etwas mehr als … das."

Sobald die Worte meinen Mund verließen, presste ich meine Lippen zusammen und sah zwischen uns hinunter, wobei meine Brust eng wurde. Ich hasste es so sehr, das zu sagen, aber es musste gesagt werden. Roman und ich hatten unser ganzes Leben zusammen verbracht. Ich kannte ihn, seit ich ein Kind war. Kylo kannte ich erst seit ein paar Wochen.

Und warum zum Teufel war ich jetzt läufig? Hatte die Mondgöttin so sehr gewollt, dass wir uns verpartnern, dass sie ein Band zwischen unseren Wölfen schuf, das sogar das Band zwischen Roman und mir aufhob? Ich kannte nur Wölfe, die einmal läufig wurden, nicht zweimal, es sei denn, es bildete sich ein neues Band.

„Wenn wir wirklich die göttlichen Wölfe sind und wir trotz der Mondgöttin in jedem Leben ein Band haben, warum habe ich dann nicht sofort die Hitze gespürt, als ich dich traf und meine Wölfin dich erkannte? Warum ist es nicht in den Nächten passiert, die wir mit den anderen Wolfsmond-Wölfen verbracht haben?"

„Vielleicht hat die Mondgöttin ein weiteres Band zwischen uns geknüpft", sagte Kylo. „Sie muss einen Grund gehabt haben, warum sie uns zusammen haben wollte. Sie würde dich nicht umsonst der Hitze aussetzen. Vielleicht ist das der Weg, Dolus zu besiegen."

Mein Magen verkrampfte sich beim Gedanken an die Informationen, die ich vorhin von Raj bekommen hatte. Ich hatte es noch keinem von ihnen gesagt, aber ich musste es loswerden, denn obwohl Wölfe nur zur Mondgöttin aufsahen, war das vielleicht nicht immer so gewesen, wenn die Mythen stimmten.

Ich wollte sie natürlich immer noch retten. Aber als sie dieses zusätzliche Band zwischen Kylo und mir geknüpft hatte, ging es ihr vielleicht nicht um die Spezies, sondern eher darum, die Kontrolle zu behalten.

„Es gibt etwas, das ich dir über … unseren Anfang erzählen muss." Ich knabberte an der Innenseite meiner Wange und rückte näher an die beiden heran, meine Schenkel über Romans und meine Hände immer noch auf Kylo. Der Gedanke daran, das auch vor Roman anzusprechen, schnürte mir die Kehle zu. Er war schon wegen Kylo gestresst und jetzt würde er auch noch wegen Dolus gestresst sein.

„Was ist los?", fragte Roman und strich mir eine Haarsträhne hinters Ohr.

Ich sah ihn mit großen Augen an. „Bitte, hasse mich nicht dafür."

„Ich könnte dich niemals hassen, Isabella", sagte Roman mit einem leichten Lächeln, obwohl ich merkte, dass er sich auf das Schlimmste vorbereitete, auf das absolut Schlimmste. Und ich hasste es, das in seinen grünen Augen zu sehen, den Schmerz und die Qualen, die nur darauf warteten, ausgelöst zu werden.

Anstatt Kylos Hand zu drücken, ertappte ich mich dabei, dass ich näher an Roman heranrückte, weil ihn das beruhigen würde. Ich nahm seine Hand und runzelte die Stirn. „Raj hat mir vorhin erzählt, dass Dolus hinter *mir* her ist, dass meine Wölfin seine erste … Liebe war, nehme ich an."

Roman spannte sich an, die Eckzähne wurden länger. „Du willst mich doch verarschen, oder, Isabella?"

Ich biss mir auf die Lippe, schüttelte den Kopf und umklammerte seine Hand noch fester mit meiner eigenen. „Lass mich erzählen, Roman. Das wirst du hören wollen." Nachdem ich tief durchgeatmet hatte, erzählte ich ihm, dass die Mondgöttin Anhänger wollte, Kylo und mich gepaart hatte und dass Dolus und ich tatsächlich verliebt gewesen waren.

Nun, nicht ich, aber meine Wölfin.

Ich war nicht in Dolus verliebt und ich könnte mich nie in Dolus verlieben.

Es war meine Wölfin, die mich in den Wahnsinn getrieben hatte, meine Wölfin, die sich mit Kylo verpartnert hatte, meine Wölfin, die einst auch Dolus geliebt hatte. Nicht ich, und ich wollte wirklich, wirklich, wirklich, dass Roman das verstand. Meine Wölfin und ich lebten in demselben Körper, aber meine menschliche Seele gehörte Roman. Sonst niemandem.

Und seltsamerweise wurden sowohl Kylo als auch Roman immer ruhiger, je mehr ich über Dolus sprach.

Kylo rieb sich mit einer Hand über das Gesicht und schnaubte. „Das ist der Grund, warum er tut, was er tut – warum er die Mondgöttin entführt hat und warum er immer wieder Menschen verletzt, die dir nahestehen, Isabella. Ich kann nicht glauben, dass es noch jemanden gibt. Das ist ein Grund mehr, mich dich lieber früher als später markieren zu lassen. Gemeinsam sind wir stärker."

„Hast du nicht gehört, was Isabella gesagt hat?", schnauzte Roman, ein Knurren grollte in seiner Brust. „Die Mondgöttin hat dich und Isabella zusammengebracht, weil Dolus euch zu Göttern gemacht hat, nicht aus den üblichen Gründen. Sie wollte euch zusammenbringen, damit ihr *sie* anbetet."

Kylo knurrte, die Eckzähne wurden länger, „Klingt, als würdest du Dolus verteidigen."

„Das hört sich an, als ob *du* versuchst, Isabella zur Markierung zu zwingen, obwohl sie bereits gesagt hat, dass sie das im Moment nicht will."

Die Nägel wurden zu Krallen und Kylo lehnte sich näher rüber, kurz davor, sich wieder in seinen Wolf zu verwandeln und Roman zu zerfleischen. Roman versuchte, mich hinter sich zu ziehen, aber ich weigerte mich. Wir sollten miteinander reden, um die Sache in Ordnung zu bringen, und nicht, um das Chaos noch mehr wachsen zu lassen.

„Du bist egoistisch", bellte Kylo Roman an.

„*Du bist* derjenige, der egoistisch ist", erwiderte Roman. „Isabella hat gesagt, dass sie es nicht tun will. Dränge sie nicht. Sie trifft ihre eigenen Entscheidungen und das war schon immer so. Sie wird sich nicht mit dir paaren und auf deine Befehle hören."

Ich legte beiden eine Hand auf die Brust, hielt sie auseinander und fluchte, weil sie beide gute Argumente hatten. Aber ich wollte nicht zulassen, dass einer von ihnen eine Entscheidung für mich traf. Ich stieß sie voneinander weg. „Hört auf! Hört sofort auf! Wir haben einen Krieg, den wir verdammt noch mal gewinnen müssen. Ich kann es nicht ertragen, wenn ihr euch ständig streitet."

Als sie einander anknurrten, schüttelte ich den Kopf und stürmte aus dem Bett, warf mir ein paar Klamotten über und schnappte mir meinen Rucksack. „Darauf habe ich jetzt keinen Bock. Findet selbst eine Lösung, denn gemeinsam mit mir klappt es offensichtlich verdammt noch mal nicht. Ich gehe zum Haupthaus der Lykaner, um in den Tag zu starten. Ruft mich nur, wenn ihr beide euch benehmen könnt."

„Isabella …"

„Nein, Kylo", schnauzte ich. „Kommt verdammt noch mal klar. Ich gehe jetzt."

Und bevor ich mich davon abhalten konnte, rannte ich aus dem Zimmer und in den Wald, so schnell ich konnte in Richtung der Lykaner. Ich fragte mich, ob diese Männer sich jemals wieder vertragen würden. Ich hatte gedacht, dass wir solide Fortschritte machten, aber es schien, als hätten wir in den letzten paar Tagen einen großen Schritt zurück gemacht. Und ich wusste nicht, warum oder, wie das passiert war, aber ich musste es herausfinden.

12
isabella

„DU SIEHST MÜDE AUS", sagte Raj und wippte auf seinen Fersen vor und zurück.

„Na Danke", sagte ich, starrte auf die trainierenden Lykaner und gähnte. Meine Augen fühlten sich so schwer an, mein Verstand war benebelt von Gedanken an Kylo und Roman, meine Muskeln so müde von der Hitze der letzten Nacht. Am liebsten wäre ich wieder zu Roman ins Bett gekrochen und in seinen Armen eingeschlafen, aber die beiden mussten dringend klären, was zwischen ihnen vor sich ging. Und zwar jetzt.

„Lange Nacht?"

„Früh aufgestanden", antwortete ich. „Ich war wieder läufig."

Raj spannte sich an und schaute hinüber. „Schon wieder? Wegen Kylo? Warum jetzt?"

Ich zuckte mit den Schultern und wollte die Mondgöttin laut verfluchen. Ich wusste nicht, warum sie beschlossen hatte, mich ein zweites Mal die Läufigkeit durchmachen zu lassen, und das für jemanden, der nur in früheren Leben mein Partner gewesen war. Ich war bereits mit Roman verpartnert.

„Wenn ich es wüsste, würde ich es dir sagen. Aber, ganz ehrlich, ich weiß nicht, wie lange ich das noch ertragen kann." Ich strich mir mit der Hand über das Gesicht und wies die Lykaner an, die Trainingspartner zu wechseln. „Könnt ihr euch mehr mit der Geschichte befassen? Ich muss verstehen, warum die Mondgöttin so gehandelt hat und mehr über Dolus erfahren."

„Alles, was du brauchst", sagte Raj und sah auf seine Uhr. „Glaubst du, du wirst wach genug sein, um mit dem Übersiedeln von Bewohnern aus den nördlichen Rudeln zu beginnen? Du kannst hierbleiben und dich ausruhen, wenn du willst. Ich kann es beaufsichtigen. Wir nehmen heute nur die Leute aus dem nächstgelegenen Rudel mit, um zu sehen, ob es reibungslos laufen wird."

Ich starrte zur Gruppe von Lykanern, schüttelte den Kopf und beobachtete Naomi. Sie warf einen über ihre Hüfte, die Bewegung sah so geschmeidig aus. Ich lächelte, weil sie sich so leicht an das Leben als Lykaner gewöhnt hatte. Wir hatten sie ununterbrochen trainiert und dennoch konnte sie mit uns anderen mithalten. Eine echte Lykanerin eben.

„Ja und ich werde Naomi begleiten. Ich möchte mich mit ihr unterhalten", sagte ich.

Nachdem er genickt hatte, pfiff Raj, um das Ende des Trainings zu signalisieren. „Teilt euch in zwei Teams auf. Wir werden das erste nördliche Rudel über unsere Grenzen bringen, um sie vor den sich bekriegenden Rudeln und der Verderbnis zu schützen. Ein Team wird mit Autos unterwegs sein, denn viele der Infizierten befinden sich derzeit in einem vegetativen Zustand und lassen sich nicht einfach durch den Wald transportieren. Das andere Team wird dorthin laufen, um die Wälder und die Rudel vorzubereiten."

Als sich alle zu zerstreuen begannen, nickte ich Raj zu. „Du nimmst die Autos. Ich werde mit den anderen gehen." Ich warf einen Blick zurück auf die Lykaner und ging in Richtung Wald. „Naomi und Olivers Team, kommen mit mir mit. Wir laufen."

Zwanzig Minuten später standen wir beim nächstgelegenen nördlichen Rudel und verwandelten uns. Es schien verlassen zu sein, nicht viele liefen herum und noch weniger Geschäfte hatten geöffnet. Ich knabberte an der Innenseite meiner Wange und bereitete so viele Menschen wie möglich auf den Transport über die lykanischen Grenzen vor.

„Es gibt so viele Menschen, die … kaum anwesend sind", flüsterte Naomi, als Raj ankam und begann, die Betroffenen in Autos zu setzen und anzuschnallen. „Sie erinnern mich an meine Mutter."

„Deine Mutter?", fragte ich, während mir der Wind die Haare ins Gesicht wehte.

Naomi runzelte die Stirn. „Mein Vater hat meine Mutter vor einer Weile mit jemandem aus einem nördlichen Rudel betrogen. Als sie es herausfand, war sie so am Boden zerstört, dass …, dass sie sich weigerte, das Haus zu verlassen und keinen Lebenswillen mehr hatte", flüsterte sie.

Meine Augen weiteten sich. „Oh mein Gott, das tut mir so leid."

Nachdem sie den Kopf geschüttelt hatte, schenkte mir Naomi ein Lächeln. „Es muss dir nicht leid tun. Es ist passiert. Ich kann nichts tun, um es rückgängig zu machen, aber es gab mir einen Grund, mit dem Training zu beginnen. Ich wollte die Frau töten, die meinen Vater aus unserer Familie gerissen hatte, aber … ich bin froh, dass ich es nicht getan habe. Wenn ich das getan hätte, wäre ich jetzt nicht hier bei dir und würde etwas tun, wovon sogar die meisten *Wölfe* nur träumen."

Ich zog sie näher zu mir heran, legte meinen Kopf an ihre Schulter und lächelte. „Ich bin auch froh, dass du hier bist. Die meisten nördlichen Rudel, besonders jetzt, sind so verdorben. Das waren sie schon immer. Wenn du willst, schaue ich für dich bei ihrem Rudel vorbei und sehe, was ich tun kann. Ich weiß, dass nichts deine Familie wieder zusammenbringen kann, aber vielleicht verschafft es dir ein Gefühl des Friedens."

Mit traurigen Augen und einem leicht zittrigen Lächeln nickte Naomi. „Das wäre schön, aber … nur, wenn du Zeit hast. Ich habe ein paar Fragen, die ich dieser Frau, die meine Kindheit und die meiner Schwester zerstört hat, schon immer stellen wollte." Naomi blickte zurück zu den Transporten. „Aber erst die Arbeit, dann das Vergnügen. Ich sollte wieder anfangen mitzuhelfen."

Ich verschränkte die Arme und sah zu, wie sie in einem Haus verschwand.

Oliver trat an meine Seite und lächelte. „Sie ist wirklich stark. Ich bin froh, dass du mich mit ihr zusammengetan hast. Sie treibt mich dazu an, schlauer und stärker zu werden."

„Wie es sich gehört", sagte ich lächelnd zu ihm und sah den erregten Blick in seinen Augen. Ich hob fragend eine Braue. „Ist sie deine Partnerin?"

Er gluckste. „Ich wünschte, sie wäre es, denn sie ist fantastisch. Wer auch immer sich mit ihr verpartnert oder sie heiratet, ob Wolf oder Mensch, er wird verdammt glücklich sein."

13
roman

„ISABELLA WILL, dass wir reden, also lass uns reden", sagte Kylo zu mir.

Ich wollte zwar Isabella glücklich machen, aber ich wollte heute eigentlich nicht mehr mit ihm reden. Ich hatte die Schnauze gestrichen voll und wollte nicht noch ein endloses Gespräch mit ihm führen. Es machte mich krank, dass er kein Nein als Antwort akzeptierte.

Vor ein paar Wochen hatte er mir gesagt, ich solle erwachsen werden und der Mann sein, den Isabella brauchte. Jetzt, wo ich es war, wo ich die Kraft gefunden hatte, sie zu beschützen, dachte er, dass *er* derjenige sein könnte, der sie herumkommandieren könnte. Da täuschte er sich.

Nachdem ich mir ein Hemd übergezogen hatte, ging ich dem Gespräch aus dem Weg und verschwand durch meine Schlafzimmertür, um in mein Büro zu gehen. Ich rief Cayden an und sagte ihm, er solle mich dort treffen, weil ich eine Aufgabe hatte, die dringend erledigt werden musste.

Kylo folgte mir, packte mich an der Schulter und zog mich zurück. „Wirst du mir sagen, was mit dir los ist?", fragte er, seine goldenen Wolfsaugen stachen noch immer hervor. „Weil du dich in letzter Zeit furchtbar misstrauisch benimmst und das sieht verdammt nicht gut für dich aus."

Ich schob seine Hand von mir und knurrte: „Ich habe nichts zu verbergen. Ich will mich nur nicht mehr mit dir streiten. Ich habe es satt, Kylo. Isabella hat es auch satt. Lass es sein und geh zurück nach Hause, wo du hingehörst. Wenn Isabella bereit ist, wird sie es dich wissen lassen, verdammt."

Allerdings wollte ich nicht, dass Isabella jemals bereit sein würde, sich mit jemandem wie ihm zu paaren.

„Ihre Wölfin ist bereit", sagte Kylo zu mir. „Sie ruft jede Nacht nach mir."

„Ihre Wölfin ist bereit, aber sie ist es nicht!", schrie ich ihn an und ging weiter ins Büro. „Verstehst du das nicht? Wenn man sich mit jemandem verpartnert, verpartnert man sowohl die Wölfe als auch die Menschen. Du kannst es dir nicht aussuchen. Wenn du ihre Wünsche nicht respektieren kannst, dann geh. Und komm erst wieder, wenn du es kannst."

Anstatt mich in Ruhe zu lassen, wie ich es verdammt noch mal wollte, drängte er weiter. „Hast du Dolus an dich herangelassen?", fragte Kylo mich knurrend. „Ist das der Grund, warum du keinem von uns erzählen kannst, was passiert ist, als du Scarlett holen wolltest? Hast du dich von ihm verderben lassen, wie er es mit deiner Schwester getan hat?"

Ein unbändiges Knurren entrang sich meiner Kehle und ich stieß ihn zurück. „Was ist dein verdammtes Problem? Warum kannst du es nicht einfach lassen, verdammt? Ich habe sie für uns zurückgebracht. Ich will es nicht dauernd wieder durchleben, all diese Leute tot und von der Verderbnis genommen zu sehen. Hör verdammt noch mal auf damit."

Wir starrten uns ein paar Augenblicke lang an, bis Kylo nickte. „Wenn es das ist, was du glauben willst, schön. Glaube es. Aber ich werde die verdammte Wahrheit herausfinden. Ich werde nicht zulassen, dass Isabella dir blindlings glaubt, nur weil *du* sie zuerst und vor mir getroffen hast."

Ich strich mir mit einer Hand über das Gesicht und atmete aus.

„Runter von meinem verdammten Grundstück, bevor ich dich dazu zwinge."

Nach ein paar Augenblicken knurrte Kylo und rannte davon, bis ich ihn nicht mehr im Wald sehen konnte. Ich verfluchte ihn und traf mich mit Cayden in meinem Büro. Ich schloss die Tür hinter mir und verriegelte sie, damit niemand auf die Idee kommen würde, uns zu stören.

„Sag es Isabella nicht", sagte ich zu Cayden, der sich setzte.

Bei dem Gedanken, sie zu hintergehen, seufzte ich tief, aber ich traute diesem Mann zu, sie zu verletzen oder zu versuchen, sich zwischen uns zu stellen. Wir hatten ihm eine Chance gegeben und er hatte sich Isabella ständig aufgedrängt. Ich wollte nicht, dass Isabella sich so fühlte wie Rykers Partnerin, als er sie markiert und geschwängert hatte.

„Sie ist die Luna und Anführerin der Lykaner", sagte Cayden zögernd.

„Und sie ist auch meine Partnerin. Ich muss sie beschützen." Ich sah ihn eindringlich an. „Versprich mir, dass du ihr nichts von dem erzählst, worum ich dich gleich bitten werde."

Nachdem er schwer geschluckt hatte, nickte Cayden. „Ich verspreche, dass ich es ihr nicht sagen werde."

Ich sah aus meinem Bürofenster in den dunklen Morgenwald und holte tief Luft. „Ich traue Kylo nicht, nicht mehr. Du musst ein Auge auf ihn haben und dafür sorgen, dass er nicht versucht, sich Isabella zu nähern, wenn ich nicht da bin."

„Roman, du bittest mich, auf Isabellas Wolfspartner aufzupassen?"

Ich knurrte: „Isabella ist *meine* Partnerin."

Cayden seufzte, stand auf und ging zur Tür. „Gut. Ich besorge jemanden, der das macht. Und ich werde Isabella nichts davon erzählen, aber du solltest das tun. Sie wird es herausfinden und wieder wütend auf dich sein, weil du sie hintergehst. Und wer weiß? Vielleicht hat sie dieses Mal genug davon."

Ich konnte mich nicht zurückhalten, stand blitzschnell auf, stürmte zu ihm hinüber und drückte ihn mit der Hand an der

Kehle gegen die Wand. „Isabella wird es nicht herausfinden, und wenn doch, wird sie mich nicht verlassen." Das durfte sie nicht. „Ich tue das um ihretwillen. Sie hat andere Dinge, um die sie sich sorgen muss."

Cayden nickte. „Ich will nicht, dass du verletzt wirst. Du bist die einzige Person, die dieses Rudel zusammenhält, und das schon seit dem Tod deiner Eltern. Wenn Dolus dich erwischt, werden wir alle bald gehen müssen. Das kann ich nicht zulassen."

Ich ließ seine Kehle los, trat einen Schritt zurück und entspannte meine Hände. „Es wird nichts passieren."

Dolus würde nicht an mich herankommen – konnte er nicht, weil ich es nicht zuließ. Es würde Isabella in Stücke reißen. Aber Kylo hatte mir vorgeworfen, dass Dolus es bereits getan hatte, und ich war von Tag zu Tag aggressiver geworden. Ich befürchtete, dass er bereits hier war.

14
kylo

ROMAN HATTE MIR GESAGT, ich solle nicht zurückkommen, bis ich Isabellas Wünsche respektieren könnte. Aber er fühlte nicht diese Anziehungskraft mit ihrer Wölfin, die ich in letzter Zeit jede verdammte Nacht spürte. Weder er noch sie respektierten die Wünsche ihrer Wölfin. Nächtelang hatte ich mich gegen den Drang gewehrt, ihre gepeinigte Wölfin für mich zu beanspruchen. Die Wölfin, die ich schon längst hätte beanspruchen sollen, die *mich* wollte.

Ich wusste nicht, wie lange ich mich noch zurückhalten könnte.

Wir brauchten einander mehr, als Isabella verstand.

Und wenn Roman und Isabella das nicht sehen konnten, dann musste ich noch etwas länger warten, musste durchhalten, um ihr zu beweisen, dass Roman nicht der Mann war, mit dem sie zusammen sein sollte. Egal, wie scheiße es war, ich musste das für uns tun.

Wir brauchen unsere Partnerin, knurrte mein Wolf in meinem Kopf.

Nachdem ich meine Hände zu Fäusten geballt hatte, lief ich in meiner menschlichen Gestalt weiter durch den Wald, denn ich wusste, wenn ich ihm die Kontrolle überlassen würde, könnte er mich zu Isabella führen. Oder zu Roman, um ihn zu töten. Es war nicht so, dass ich Roman hasste, aber in letzter Zeit hatte ich einfach das verdammte Verlangen, ihm den Kopf vom Körper zu reißen und ihn Isabella auf einem Tablett zu servieren.

Er war nicht gut für sie. Ich schon. Der Meinung war ich immer gewesen und würde ich auch immer sein.

„Finde Partnerin. Partnerin markieren. Partnerin beanspruchen."

Ich holte tief Luft, sah von Weitem mein Haupthaus und hielt darauf zu. *Du weißt, dass wir das nicht machen können. Wir müssen ihren Wunsch respektieren, noch nicht von uns markiert zu werden. Sie wird schon wieder zu sich kommen.*

Nicht, wenn Roman ihr Dinge über uns zuflüstert, maulte mein Wolf.

Das ist Isabellas Entscheidung.

Noch besitzergreifender als sonst, knurrte mich mein Wolf an *Nein, das ist Romans Entscheidung. Eine verdammt schlechte Entscheidung und das weißt du. Du wirst sie ihm nicht überlassen, nach allem, was wir mit Isabella durchgemacht haben. Du liebst sie. Ich liebe sie. Lass nicht zu, dass er sie uns wegnimmt.*

Ich lief zu meinen Kriegern, die um das Gefängnis im Wald auf- und abgingen. „Ihr könnt gehen", sagte ich ihnen, schnappte mir einen Schlüssel von meinem Hauptwächter und schob ihn ins Schloss, um die Tür zu öffnen. Ich warf einen Blick über die Schulter und vergewisserte mich, dass alle weg waren, bevor ich das Gefängnis betrat und die Tür hinter mir verriegelte.

Bei all der Verderbnis, die in dieser Gegend herrschte, musste ich sicherstellen, dass niemand Zugang zu den Zellen unter dem Gefängnis hatte oder auch nur ihre Existenz erahnte. Wer wusste schon, welche meiner Gefangenen verdorben waren? Ich wusste es sicher nicht, aber ich zweifelte nicht daran, dass jemand etwas wusste. Und ich konnte nicht riskieren, dass meine Gefangenen entkamen.

Am hinteren Gang angekommen, fand ich die Luke zu den unteren Zellen, öffnete sie und sprang hinunter. Ich zündete eine Fackel mit einem Reservestreichholz aus meiner Tasche an und ließ mir von den Flammen den Weg durch einen Tunnel aus Steinwänden zu einem zweiten Gang mit Zellen weisen. In der letzten Zelle befand sich meine Gefangene, die mir so dringend die Zutaten verraten musste, mit welchen die Blume erschaffen wurde. Die Blume, die Wolfsmond-Krieger töten konnte.

Ich musste herausfinden, wie ich die Wirkung umkehren konnte, falls sie in die falschen Hände geriet. Isabella und ich konnten beide davon getötet werden und das konnte ich nicht zulassen. Nicht nach all dem Scheiß, den ich getan hatte, um hierherzukommen.

Ich stellte die Fackel in einen Ständer, verschränkte die Arme und stellte mich vor die Frau. „Ist die Blume nur für Wölfe tödlich, die unter dem zweiten Wolfsmond geboren wurden?"

Sie weigerte sich, Blickkontakt mit mir aufzunehmen und schaute auf den schmutzigen Betonboden. „Ich weiß nicht, wovon du sprichst. Willst du mich nicht gehen lassen? Ich habe alle deine Fragen beantwortet und alles getan, was du von mir verlangt hast. Lass mich einfach gehen."

„Ich brauche Antworten."

„Ich. Weiß. Es. Nicht."

„Gib mir eine bessere Antwort als das. Du kennst die Botanik besser als sonst jemand."

Ich beugte mich vor und öffnete das Etui, in dem sich die Blume befand. Die Mondgöttin hatte gesagt, dass ich sie benutzen müsste, um die Spezies zu retten. Aber ich musste wissen, ob ich sie bei den Verdorbenen benutzen konnte oder bei Roman, wenn es notwendig wäre – denn Roman verriet verdammt nochmal nicht, was passiert war, als er Scarlett gefunden hatte, und ich würde ihm Isabella nicht für den Rest unseres Lebens allein überlassen. Sie gehörte mir.

„Wird es Roman umbringen?", fragte ich sie.

Sie sah zu mir hoch. „Warum willst du Roman töten?"

„Du weißt warum. Er ist verdorben."

„Das ist er nicht und das weißt du auch."

„Isabella sträubt sich gegen die Bindung", sagte ich zu ihr.

Sie blähte ihre Nasenflügel auf. „Deshalb willst du ihren Partnern töten? Hör zu, Kylo, du musst Isabella ein für alle Mal gehen lassen. Ich habe alles getan, worum du mich gebeten hast. Jede. Einzige. Sache. Selbst den Scheiß, den ich mir geschworen habe, nie wieder für dich zu tun, egal in welchem Leben. Ich habe Besseres, Göttlicheres zu tun, als in einer Zelle eingesperrt zu sein."

„Keine Sorge, *A*. Ich werde Roman nicht umbringen."

Zumindest nicht, bis ich ihn als den verdorbenen Mann entlarven konnte, der er war. Ich würde nicht zulassen, dass Roman Isabella mit sich in die Dunkelheit nahm. Jetzt, da die Mondgöttin ein Band zwischen uns geknüpft hatte, war ich es, der Isabella beschützen musste, ich war es, der sie lieben durfte, und ich war es, der für immer und ewig mit ihr zusammen sein würde, in jedem Leben.

15
isabella

„GEHST du heute Abend nach Hause?", fragte Raj, der sich gegen meinen Türrahmen lehnte und gähnte. Er rieb sich die müden Augen und seufzte. „Es ist fast ein Uhr nachts. Roman hat wahrscheinlich schon das ganze Rudel im Wald und versucht, dich zu finden."

Ich starrte durch die großen Fenster meines Büros hinaus in den Wald und meine Augen wollten sich unbedingt schließen, um für die Nacht etwas Ruhe zu finden. Wir hatten einen so langen Tag hinter uns, haben all die verdorbenen Menschen übergesiedelt, die sich selbst nicht mehr bewegen konnten. Ich wollte nur noch schlafen, aber ich vertraute meiner Wölfin nicht mehr.

Jedes Mal, wenn ich schlief, wachte ich mit Hitzewallungen wieder auf und sehnte mich nach Kylo.

Das würde nicht wieder passieren. Nicht bevor ich bereit war. *Wenn* ich jemals bereit sein würde.

„Ich bleibe noch ein wenig hier", sagte ich und nickte zu den Akten auf meinem Schreibtisch, die eigentlich nichts enthielten. Ich hatte sie nur dorthin gelegt, um meinem Gehirn vorzugaukeln, dass ich tatsächlich eine Menge Arbeit zu erledigen hatte. Aber mein Gehirn war nicht so leicht auszutricksen, wie ich es gehofft hatte.

Anstatt zu gehen und sich auf den Weg zu Jane zu machen, betrat Raj den Raum und ließ sich auf den Stuhl vor mir fallen, stützte sich auf seine Unterarme und warf mir diesen Blick zu, den er immer hatte, wenn er wusste, dass etwas nicht stimmte. „Was ist los?"

Ich strich mir mit der Hand über das Gesicht und seufzte. „Nichts."

„Roman?"

„Nein."

„Kylo?"

Ich sagte nichts.

„Ist es das Paarungsproblem, von dem du mir erzählt hast?", fragte Raj und gähnte erneut.

Ich fühlte mich so verdammt besiegt, weil ich keine Kontrolle mehr über mich zu haben schien. Ich ließ die Schultern nach vorn sinken, zog die Knie an die Brust und kauerte mich mitten im Haupthauses der Lykaner zusammen. „Es ist so dumm. Meine Wölfin macht, was sie will und ich habe keine Kontrolle über sie. Ich hatte immer die Kontrolle über sie und ihre Ungezogenheiten. Jetzt, mit Kylo … habe ich keine mehr."

Raj blieb einen Moment lang still. „Du willst nicht, dass er dich markiert?"

„Nicht jetzt", sagte ich und schüttelte den Kopf. „Wir haben zu viel zu tun."

„Liebst du ihn?", begann Raj. „Oder liebst du die Vorstellung von ihm? Von einem Alpha, der dich tun lässt, was du willst, der dich von Anfang an respektiert und dir die Macht gibt? Der dir sagt, dass er auf dich warten wird, aber dann seinen Wolf nicht lange genug kontrollieren kann?"

Nachdem ich einen langen Seufzer ausgestoßen hatte, zuckte ich mit den Schultern. Ich hatte keine verdammte Ahnung, was ich für ihn empfand.

Meine Wölfin dagegen …

„Wenn Roman und Kylo beide verdorben wären und du die Macht hättest, nur einen zu retten, wen würdest du retten und den

Rest deines Lebens mit ihm verbringen?", fragte er mich, wobei das Mondlicht auf seinem braun gebrannten Gesicht schimmerte. „Roman oder Kylo?"

Kylo, flüsterte meine Wölfin in meinem Kopf, die langsam erwachte. Und wenn sie mitten in der Nacht aufwachte, bedeutete das nur eines: Die Läufigkeit würde bald kommen.

Ich hasste diese verdammte Läufigkeit so sehr.

„Meine Wölfin würde Kylo wählen", sagte ich und nagte an meiner Wange. „Das würde ich nicht."

„Würde sie dich verlassen, wenn du dich entscheidest, Roman zu retten?", fragte Raj.

Ich wartete auf ihre Antwort, denn ich wusste, dass sie jedes einzelne Wort von uns hörte. Würde sie mich verlassen, wenn ich mich entschließen würde, für den Rest dieses Lebens mit Roman und niemandem sonst zusammen zu sein? Sie hatte Hunderte von anderen Leben, die sie mit Kylo verbringen konnte. Dies war mein einziges mit Roman. Verdammt, das war ohnehin mein einziges.

Meine Wölfin und ich waren zwar dieselbe Person, aber ich konnte mich nicht an all diese vergangenen Leben erinnern. Meine Wölfin schien sich zu erinnern, aber ich? Auf keinen Fall. Ich erinnerte mich nur an dieses eine und deshalb würde ich mich für Roman entscheiden, wenn ich die Entscheidung treffen müsste, einen von beiden zu retten. Ich kannte Kylo nicht so gut wie Roman und ich liebte Kylo auch nicht so sehr. Wenn überhaupt wirklich.

Sie antwortete nicht.

Also tat ich es für sie.

„Nein, meine Wölfin würde mich nicht verlassen. Und selbst wenn sie es täte, würde ich Roman wählen."

Raj lächelte leicht und stand auf. „Warum weist du Kylo dann nicht zurück?"

Schließlich entschloss sich meine Wölfin doch, in mir lebendig zu werden, und knurrte: *Nein. Kann Partner nicht zurückweisen.*

Ich ergriff die Kontrolle über sie, umklammerte die Armlehnen des Stuhls, bis meine Knöchel weiß wurden, setzte mich aufrecht hin und drängte Raj, weiterzumachen, während meine Wölfin in mir knurrte, bellte und heulte und verlangte, dass ich in dieser Sekunde aufhörte zuzuhören.

Wir werden unseren Partner niemals zurückweisen!, schimpfte sie. *Er ist der Einzige, der uns versteht.*

„Du musst dich konzentrieren und dieses Drama lenkt dich wirklich von allem ab. Du bist müde, aufgeregt und zu sehr mit Roman und Kylo beschäftigt, um klar denken zu können. Deine Wölfin fleht dich wahrscheinlich an, es nicht zu tun, aber bitte überlege es dir. Wir brauchen dich, um Dolus zu besiegen", sagte Raj.

Nein! Sich mit ihm paaren, nicht zurückweisen.

Und obwohl ich sagen wollte, dass ich ihn hier und jetzt zurückzuweisen könnte, tat ich es nicht. Die letzten Wochen hatten mich völlig erschöpft. Wenn meine Wölfin mich genau jetzt verlassen würde, wäre ich noch anfälliger für die Verderbnis.

„Wie auch immer du dich entscheidest, du weißt, dass ich für dich da bin." Raj schenkte mir ein halbes Lächeln und nickte dann in Richtung eines Briefumschlags, der in der Ecke meines Schreibtischs lag. „Oh, und, äh, weil ich weiß, dass du in nächster Zeit nicht nach Hause gehen wirst: Ich habe noch ein paar Informationen über Dolus, die ersten göttlichen Wölfe und die Mondgöttin gefunden. Vielleicht willst du sie dir ja mal ansehen."

Ich nahm den Umschlag und lächelte ihn an. „Danke dir."

Nachdem er gegangen war, ließ ich mich auf meinen Stuhl sinken, legte die Beine auf den Schreibtisch und schlug die Akte auf, während ich meine Wölfin ignorierte, die in meinem Kopf immer noch verrückt spielte. Und gerade als ich mich in eine Lesenacht stürzen wollte, öffnete jemand meine Tür und betrat mein Büro, mit einem sündigen Grinsen im Gesicht und glühenden goldenen Augen.

„Isabella."

16
isabella

„LASS DICH NICHT AUFHALTEN", sagte Roman, schlich um meinen Schreibtisch herum und drückte mir sanft die Schultern. „Meine Isabella ist so fleißig, dass sie vergessen hat, mich anzurufen, um mir zu sagen, dass sie etwas später nach Hause kommen wird."

Ich legte die Papiere auf meinen Schreibtisch und sah ihn an. „Es tut mir leid. Bist du sauer?"

Er knurrte spielerisch, vergrub sein Gesicht in meiner Halsbeuge und streifte mit seinen Zähnen meine Schwachstelle und seine Markierung. Ich zitterte vor Lust, meine Nippel verhärteten sich und zwischen meinen Beinen breitete sich Wärme aus.

„Nein", sagte er, legte seine große Hand auf meinen Bauch und schob seine Finger in meine Hose, um meine Perle in kleinen, quälenden Kreisen zu reiben. Er griff in meine Haare und zog sie zurück, sodass ich direkt in seine teuflischen goldenen Augen blickte. „Aber von jetzt an will ich wissen, wo meine Partnerin um ein Uhr nachts ist, gerade jetzt, mit der Verderbnis. Verstehst du?"

Meine Lippen verzogen sich zu einem Grinsen. „Und wenn ich es dir nicht sage?"

„Willst du wissen, was dann passieren wird?"

„Vielleicht …"

Im Handumdrehen wirbelte er meinen Stuhl herum, packte meine Hüften und zog meinen Hintern an den Rand der Sitzfläche, kniete sich hin und zog meine Hose herunter. Mir wurde heiß und meine Muschi zog sich lustvoll zusammen, als ich den Anblick und das Gefühl von Romans großen Eckzähnen an den Innenseiten meiner Schenkel spürte.

Bevor ich ihn aufhalten konnte, vergrub er sein Gesicht zwischen meinen Beinen, drückte meine Schenkel auseinander und ließ seine Zunge gegen meinen Kitzler schnellen. Genau so, wie es mir gefiel. Ich stöhnte laut auf, die Lust stieg in mir hoch. Er presste seinen Mund auf meine Muschi, küsste und leckte bis zu meinem Eingang und schob dann zwei Finger in mich hinein, rein und raus.

Mein Körper zuckte, meine Brüste hüpften, die Nippel drückten hart gegen mein Shirt. Ich griff mit meiner Hand in sein Haar, um ihn festzuhalten, und meine Hüften stießen gegen seinen heißen Mund. Er starrte mich mit diesen dunklen, goldenen Augen an, die im Mondlicht schimmerten, legte seine Hände unter meine Schenkel und spreizte meine Beine noch weiter.

Er fuhr mit seiner Zunge immer wieder über meine Perle, wodurch ich mich noch stärker zusammenzog. „Meine", sagte er und schob seine Finger in meine Muschi.

Ich wand mich in seinem Griff und versuchte, meine Knie zusammenzuziehen, spürte, wie der Druck in meinem Inneren zunahm. Seine Finger bewegten sich in mir und aus mir heraus, seine Bartstoppeln kitzelten meine Oberschenkel.

Als ich meinen Kopf zurückwarf und laut stöhnte, packte Roman mein Kinn und zwang mich, zu ihm hinunterzusehen. „Willst du Welpen, Isabella?"

Meine Augen weiteten sich und meine Muschi zog sich um seine Finger zusammen. *Welpen?*

„Deine Muschi ist so eng für mich geworden. Lass sie uns noch enger machen." Er nahm einen dritten Finger dazu und schnalzte wieder mit seiner Zunge gegen meinen Kitzler. „Jetzt antworte mir. Willst du Welpen mit mir haben?"

Wieder drückte ich mich an ihn, was an sich schon eine Antwort war, aber Roman wollte es nicht akzeptieren. Er wollte von mir hören, dass ich schon davon geträumt hatte, seine Welpen zu bekommen, *bevor* ich wusste, dass er mein Partner war. Aber jetzt … war nicht der beste Zeitpunkt.

„Roman, ich …“

Sanft nahm er meinen Kitzler zwischen seine Lippen und saugte daran. „Ja. Oder. Nein.“

Ich schluckte schwer und nickte. „Ja“, flüsterte ich.

„Gut.“ Roman stellte sich zwischen meine Beine und öffnete seinen Reißverschluss. „Weil ich heute Nacht ein Baby in dir machen werde. Ich werde nicht länger warten. Ich möchte, dass kleine Dus Zuhause herumlaufen, um mir Gesellschaft zu leisten, während du hier bist und das tust, was du am besten kannst.“

Meine Muschi spannte sich noch mehr an, als er die Spitze seines Schwanzes in mich schob. Zentimeter für Zentimeter schob er sich langsam in mich, bis er in meinem engen Loch versunken war. Er tastete nach meinen Brüsten, drückte sie fest in seinen Händen und zog mich mit jedem Stoß zu sich heran.

Ich grub meine Nägel in seine straffe Brust und versuchte, gleichmäßig zu atmen, aber mit jedem Stoß trieb er mich näher an meine Grenze.

„Bitte, mach mir einen“, flehte ich, weil ich wusste, dass ihn das erregen und ihn härter machen würde. „Ich wünsche mir deine Welpen schon so verdammt lange, Roman.“

Er streifte mit seinen Eckzähnen meine Schulter und biss so fest zu, dass Blut floss. Ich stöhnte lauter, als sein Schwanz härter in mich pumpte und der Druck in meinem Inneren schnell anstieg. Wer hätte gedacht, dass es sich so gut anfühlt, wenn ich Roman anflehe, mir Welpen zu schenken?

Doch meine Wölfin war ruhig.

„Mehr“, flüsterte ich, „gib mir mehr.“

Er fuhr mit seiner Nase an meinem Nacken entlang, umfasste meine Hüften, richtete sich auf und stieß immer wieder kraftvoll in mich. Ich hielt mich an den Armlehnen fest, meine Knöchel waren weiß. Er spuckte auf seine Finger und rieb sie in kleinen Kreisen über meine Klitoris, seine Stöße waren lang und langsam und trafen jedes Mal meinen G-Punkt.

So nah. Ich war so … verdammt … nah dran …

Als sich seine Finger noch schneller bewegten, öffnete ich meine Lippen und schrie seinen Namen, als ich spürte, wie er in mir kam. Eine Welle der Lust nach der anderen durchströmte meinen Körper, meine Zehen wurden taub.

Ich ließ ihn aus mir herausziehen, dann stand ich auf, schob ihn auf den Stuhl und kletterte auf ihn. „Nochmal."

17

isabella

DREI STUNDEN später war Roman in Rykers altem Bett im Rudelhaus der Lykaner eingeschlafen. Ich starrte ihn von der Tür aus an, gähnte und versuchte verzweifelt, meine Augen offenzuhalten. Wir hatten die ganze Nacht gefickt und ich hatte mir geschworen, heute nicht ein einziges Mal einzuschlafen.

Meine Läufigkeit hatte sich noch nicht bemerkbar gemacht. Ich hatte vor, dass es so blieb.

Völlig erschöpft vom stundenlangen Verausgaben, lag meine Wölfin ruhig in meinem Hinterkopf und wimmerte nur alle paar Minuten, ich solle schlafen gehen. Aber das konnte ich mir nicht erlauben. Ich wollte eine Nacht ohne Läufigkeit und ohne Kylo überstehen.

Er war letzte Nacht nicht ein einziges Mal aufgetaucht und ich dachte, dass Kylo vielleicht die Wahrheit gesagt hatte. Sein Wolf wurde von meiner Wölfin angezogen, nicht von mir, nicht aus Verzweiflung, mit jemandem zusammen sein zu wollen, nicht, um Roman zu verletzen. Kylos Wolf wollte meine Wölfin und deshalb konnte er nicht wegbleiben. Das war nicht er.

Nachdem ich den Kopf geschüttelt hatte, um die Gedanken an ihn loszuwerden, schloss ich vorsichtig die Tür und ging zu dem großen Glasfenster, von dem aus man den gesamten Trainingsplatz überblicken konnte. Als ich das erste Mal als neue Rekrutin hier war, hatte ich durch diese Fenster beobachtet, wie die fortgeschritteneren, besser trainierten Lykaner acht Stunden lang ein schwieriges Training absolvierten. Damals war ich erstaunt gewesen, wie die älteren Lykaner so lange trainieren konnten. Aber jetzt trainierten wir alle so lange, weil wir gegen einen Gott kämpften, über den wir nichts wussten und der einen Wolf nach dem anderen besiegte, während seine Verderbnis unser Land eroberte. All die Menschen, die wir gestern übergesiedelt hatten, lebten noch, aber ihr Geist war fort und gefangen.

So wie es die Mondgöttin wahrscheinlich gerade war.

Ich ließ meinen Blick über den Wald schweifen und schluckte, als ich die Augen von Kylos Wolf entdeckte. Er rannte nicht so offensiv auf mich zu, um mich zu markieren, wie er es sonst tat. Er wartete einfach ruhig, etwa fünfzig Meter vom Haupthaus entfernt. Wie er auf das Grundstück gekommen war, ohne dass es jemand bemerkt hatte … ich hatte keine Ahnung. Aber er war ruhig und hatte eine Mappe im Maul, in der die Eckzähne steckten, als hätte er sie für mich mitgebracht.

Ich schnürte meinen Morgenmantel enger um meine Taille und ging die Treppe hinunter zur Haustür. Ich trat hinaus in die frische Morgenluft, erlaubte mir, seinen süßen Duft einzuatmen und folgte ihm durch den Wald zu seinem Wolf.

Als ich bis auf drei Meter an ihn herangekommen war, blieb ich stehen und nickte ihm zu. „Verwandle dich."

Fast augenblicklich verwandelte er sich in seinen Menschen und stand nackt vor mir, nahm die Mappe aus seinem Mund und spannte den Bizeps an. „Du hattest deine Läufigkeit letzte Nacht nicht", sagte Kylo zu mir, klang leicht verärgert, obwohl keine Wut in seinem Gesicht zu erkennen war.

„Nein", flüsterte ich und schlang meine Arme um mich.

„Du warst mit Roman zusammen", sagte er.

Da ich nicht wusste, wie er reagieren würde, nickte ich langsam.

Er presste den Kiefer zusammen, knurrte fast instinktiv, dann schienen sich sowohl die Ruhe als auch die Wut schnell zu verflüchtigen. „Hattet ihr Sex?"

Meine Wölfin erwachte langsam in mir und schnurrte beim Anblick des nackten Kylo. Bevor ich sie aufhalten konnte, zwang sie mich zu sagen: „Ja. Roman will Welpen."

Ich presste fast sofort die Lippen aufeinander, schimpfte in Gedanken mit ihr und schenkte ihm ein selbstbewusstes Lächeln. Ich wollte ihn nicht wütend und besitzergreifend machen, wie er es die letzten Wochen ohnehin schon gewesen war.

„Welpen?", schnauzte Kylo, die straffe Brust spannte sich an. „Willst du welche?"

„Vielleicht …"

„Findest du es nicht seltsam, dass er während eines Krieges versucht, mit dir Welpen zu bekommen, Isabella?", fragte mich Kylo mit einer hochgezogenen Augenbraue, doch er machte immer noch keinen Schritt auf mich zu. In der letzten Nacht war er immer weiter vorgerückt, aber jetzt blieb er wie erstarrt stehen. „Wir befinden uns im größten Krieg unseres Lebens und Roman will dich schwängern, damit du schwach bist und bei ihm bleibst."

Ich schluckte schwer und verengte meine Augen. „Ich will auch Welpen, Kylo."

„Vor ein paar Wochen hast du ihm gesagt, dass du warten willst, bis Dolus besiegt ist. Warum lässt du zu, dass er deine Meinung ändert? Warum lässt du dich von ihm überzeugen, Welpen zu bekommen, die in Gefahr sind, während Dolus noch wütet?"

„Kylo", warnte ich.

„Wenn Dolus herausfindet, dass du mit Romans Welpen schwanger bist, wird er dein Kind töten – vorausgesetzt, Roman ist nicht selbst Dolus. Dann würdest du Welpen mit einem Gott haben, der Wölfe zuhauf umgebracht hat."

„Kannst du aufhören, zu versuchen, Roman und mich auseinanderzubringen?", schnauzte ich ihn an, meine Nägel wurden zu Krallen und die Eckzähne wuchsen in meinem Mund, Wut durchströmte mich. Nichts konnte verdammt noch mal einfach sein.

„Isabella, ich versuche, dir zu helfen. Du bist zu geblendet, um zu sehen, was er dir antut."

Ich konnte mich nicht zurückhalten, schlug meine Hände auf seine Brust, um ihn zurückzudrängen, und knurrte so laut, dass es mich nicht wundern würde, wenn Roman aufwachen und herrennen würde. „Wenn du nicht aufhörst zu versuchen, uns auseinanderzubringen, werde ich dich zurückweisen.", sagte ich.

Fast sofort verkrampfte er sich. „Zurückweisen?"

Die Worte waren aus meinem Mund gepurzelt, bevor ich sie stoppen konnte, aber ich bedauerte sie nicht im Geringsten. Ich hatte alles, was ich ihm sagte, ernst gemeint, weil ich Roman nicht verlassen wollte. Er war bei mir, seit wir Kinder gewesen waren.

Wenn Roman wirklich Dolus wäre, wäre es mir egal.

Naja, wäre es nicht, weil er all diesen Menschen wehgetan hatte. Aber Roman gehörte zu mir und er würde so etwas nie tun. Es lag nicht in seiner Natur, jemandem so etwas Böses anzutun. Er hatte gesehen, was mit seiner Mutter passiert war, und würde es nicht wagen, das selbe jemand anderem anzutun.

Wie auch immer, ich glaubte, ich würde Roman nicht zurückweisen können, wenn er sich als Dolus entpuppte. Dieser Mann gehörte schon mein ganzes Leben lang zu mir. Und ich wusste nicht mehr, ob das gut oder schlecht war. Meine Welt fühlte sich zu vernebelt an und mit den Leuten, die mir aus allen Richtungen Flöhe ins Ohr setzten, fiel das Selberdenken schwer.

„Du würdest mich zurückweisen?", flüsterte Kylo und die Wut in seinem Gesicht wurde durch Mitleid, Trauer und Schrecken ersetzt. Er riss seinen Blick von mir los und trat zurück, um Abstand zwischen uns zu bringen.

Es wirkte so, als ob er tatsächlich glaubte, dass Roman verdorben war.

„Ich versuche, dir zu helfen", flüsterte er. „Weil ich dich liebe."

Hin- und hergerissen, frustriert über mich selbst und über ihn, rieb ich mir die Schläfen. „Ich wollte dich nicht wütend machen. Ich bin es leid, dass ihr euch streitet. Du hast es selbst gesagt: Wir befinden uns mitten in einem Krieg. Wir müssen klar denken. Dieses Drama ist nicht hilfreich."

„Dieses Drama soll dich beschützen", sagte Kylo. „Ich möchte nicht, dass du wegen dieser Verderbnis stirbst oder verletzt wirst, schon gar nicht durch die Hand deines Partners. Er ist aggressiver geworden, Isabella – ich weiß, dass du es bemerkst. Er konnte mich noch nie im Kampf besiegen, doch in der letzten Nacht hat er mich verdammt noch mal einfach am Hals gepackt und mich in seiner menschlichen Gestalt aufgehalten. Er verlangt nach Welpen, hat eine gesteigerte sexuelle Anziehungskraft. Siehst du es immer noch nicht?"

Ich schluckte schwer, mein Magen verkrampfte sich. „Kannst du bitte gehen?", flüsterte ich. Ich wusste, dass es falsch war, aber ich brauchte ein paar Momente, um alles zu überdenken. Ich brauchte Schlaf und einen klaren Kopf.

Er schnaubte durch die Nase und weigerte sich, mich anzusehen, während er mir die Mappe gab.

„Was ist das?", fragte ich.

„Informationen über Scarlett und einige Details, die ich darüber gesammelt habe, wie Roman sie vor ein paar Wochen ohne Probleme zu seinem Rudel zurückgebracht hat. Alles von Zeugen aus der Gegend. Einige meiner Rudelmitglieder haben sich umgehört. Das habe ich herausbekommen."

Mein Herz raste. „Ist es schlimm?"

Kylo drehte mir den Rücken zu und ging durch den Wald zurück zu seinem Grundstück. „Was kümmert dich das? Roman kann in deinen Augen nichts falsch machen."

18
kylo

WUT RAUSCHTE DURCH MEINE ADERN, Zorn durch meine Glieder, Schmerz durch mein Herz. Alles, was ich tat, war für sie. Und sie entschied sich immer wieder für Roman, ohne die ganze Situation auch nur einmal von einem logischen Standpunkt aus zu betrachten.

Er wollte, dass sie seine verdammten Welpen bekam – seine *Welpen*! Und das mitten in einem verdammten Krieg.

Wenn das für sie kein Zeichen von Verderbnis war, dann wusste ich nicht, was eins sein sollte.

Ich betrat mein Grundstück, wechselte in meine menschliche Gestalt, fand in einem Haus an der Grenze ein paar Klamotten und stürmte zum Gefängnis. Ich hatte noch ein Hühnchen mit meiner Gefangenen zu rupfen, denn das ergab keinen verdammten Sinn. Nichts ergab Sinn.

Isabella hätte letzte Nacht läufig sein müssen. Mein Wolf hatte es gespürt.

Er hatte jede quälende Sekunde ohne seine Partnerin an seiner Seite gespürt.

Nachdem ich die Wachen davon überzeugt hatte, eine Pause einzulegen, schnappte ich mir die Schlüssel und schloss die Tür hinter mir ab, damit mir niemand folgen konnte. Ich nahm denselben Weg wie beim letzten Mal, trat einen Teppich beiseite, öffnete die Luke und sprang hinunter in den Keller. Ich zündete eine Fackel an, deren Flamme die dunklen Ritzen des unterirdischen Gefängnisses erhellte.

Als das Licht an den Wänden der Höhle flackerte, folgte ich dem Weg zur sichersten Zelle in all diesen Wäldern. Ich hatte sie schon viele, viele Male getestet, um zu wissen, dass sie sicher genug war, um jemanden mit Macht standzuhalten – wie einem Alpha oder etwas Schlimmerem, wie diese Frau.

Als ich die Zelle meiner Gefangenen erreichte, stellte ich die Fackel ab und trat gegen die Metallgitter. „Warum ist Isabella letzte Nacht nicht ihre Hitze bekommen? Ich habe meine gespürt, aber ihre Wölfin konnte ich nicht spüren. Was ist mit ihr passiert? Wir sind Partner."

Die Frau starrte mich wütend an, ihre Lippe war aufgeplatzt. „Du hast es verdient."

Ich konnte mich nicht zurückhalten, packte sie am Kragen ihres Kleides und hob sie in die Luft. „Was zum Teufel ist passiert? Sie ist meine Partnerin, nicht seine. Warum war sie letzte Nacht nicht läufig? Warum kann sie mich nicht spüren?"

Ich brüllte ihr die Worte ins Gesicht, und ehrlich gesagt, war ich verzweifelt. Ich wollte Isabella so verdammt sehr. Jede Nacht wollte mein Wolf die Paarung, rief nach ihrer Wölfin und sehnte sich danach, an ihrer Seite zu sein und die Ewigkeit mit ihr zu verbringen. Ich konnte es nicht mehr ertragen. Sie würde sich nie für mich entscheiden, nicht in diesem Leben und vielleicht auch nicht im nächsten.

Die Ewigkeit allein war verdammt … einsam.

Immer in der Hoffnung, dass sie ihre Meinung ändern und sich für mich entscheiden würde.

Mein Herz zerbrach mit jedem Moment, in dem sie nicht mehr mir gehörte, in noch mehr Stücke.

„Sag mir, wie ich das ändern kann."

Sie lachte mich aus – lachte verdammt noch mal und spuckte

mir dann ins Gesicht. „Du wirst es nie hinbekommen, du Arschloch. Nicht, bis du mich rauslässt."

„Unter einer Bedingung."

„Was?"

„Sprich für mich mit Isabella."

Sie knirschte mit den Zähnen. Als ich wusste, dass sie zustimmen würde, ließ ich sie los, ballte meine Hände zu Fäusten und eilte mit ihr aus den unteren Gefängniskammern. Nachdem ich die Leiter zu den oberen Zellen hochgeklettert war, schloss ich die Kammertür und zog einen schmutzigen Teppich darüber. Sie würde für mich mit Isabella sprechen, dann würde ich sie gleich wieder herbringen.

Ich vertraute ihr nicht, so wie sie mir nicht vertrauen sollte.

19
isabella

„WARST DU BEI KYLO?", fragte Roman, als ich zum Haupthaus der Lykaner zurückkehrte.

Mein Herzschlag setzte kurz aus und ich ertappte mich dabei, wie ich die Akte zuschlug und sie mir an die Brust drückte. Ich hatte noch keine Gelegenheit gehabt, sie durchzusehen. Um ehrlich zu sein, hätte ich schon die Gelegenheit dazu gehabt, aber ich wollte nichts Belastendes über Roman finden. Wenn ich diesen Ordner öffnete und herausfand, dass er mit Scarlett geschlafen hatte, würde ich verdammt noch mal durchdrehen.

Ich konnte mit fast allem anderen umgehen, aber wenn er mich betrogen hätte …

„Ja", sagte ich, legte die Mappe auf den Küchentisch und setzte mich auf einen Stuhl. Es hatte keinen Sinn, ihn anzulügen; Kylos Geruch war überall an meinem Körper, egal wie sehr ich versucht hatte, das zu vermeiden, es gelang mir nicht. Es gab keine Möglichkeit, ihn auf dem Rückweg im Fluss abzuwaschen oder schnell zu duschen und ich wollte es auch nicht verheimlichen.

Roman war angespannt. „Was wollte er?"

„Was er immer will."

„Dich markieren?"

Nachdem ich an der Innenseite meiner Wange genagt hatte, blickte ich schnell auf die Akte hinunter. „Ja."

Ich wollte sie unbedingt öffnen und mir beweisen, dass Roman ein guter Kerl war. Ich vertraute ihm so sehr und wusste, dass er nichts tun würde, um mich zu verletzen, aber da war immer diese Stimme in meinem Hinterkopf, die mir etwas anderes sagte. Und diese Stimme war der Partner meiner Wölfin, Kylo. Ich wurde das Gefühl nicht los, dass etwas ganz und gar nicht stimmte.

Aber ich wusste nicht, was es war.

„Und die Akte?", fragte Roman und lehnte sich gegen den Küchentisch.

„Es sind nur … Informationen über den Verbleib von Dolus. Kylo dachte, er hätte etwas, aber hat er nicht. Ich bin es schon mehrmals durchgegangen." Ich warf einen Blick auf die Akte und schüttelte den Kopf. „Nichts."

Lüge. Warum belog ich Roman?

Roman sah mich ein paar Augenblicke lang an, dann nickte er und küsste mich auf die Stirn. „Ich liebe dich. Ich muss zurück zum Haupthaus. Wir haben früh Training. Kommst du hier zurecht, so ganz allein?"

Ich runzelte die Stirn und wollte nicht, dass er ging. Meine Wölfin hatte ihre tägliche Dosis Kylo bekommen und war hoffentlich bis abends zufrieden und ich wollte so gerne mit Roman schlafen, mich von ihm festhalten lassen, während Dolus meine Albträume beherrschte.

Anstatt ihn zu bitten, zu bleiben, lächelte ich schwach. „Ja, ich komme schon klar."

Nachdem er mir noch einen Kuss auf die Stirn gedrückt hatte, ging er zur Haustür hinaus. Ich saß am Küchentisch und starrte minutenlang auf den Ordner, hielt meine Finger fest, damit sie nicht zitterten, aber … ich war so nervös, so verdammt unsicher und so müde. Ich hätte einfach ins Bett gehen, Feierabend machen sollen. Und sowohl die Akte über Roman und Scarlett als auch die Akte über die Mondgöttin und die göttlichen Wölfe, die Raj mir gestern Abend gegeben hatte, erst lesen sollen, wenn ich aufwachte.

Aber ich rannte in mein Büro, holte Rajs Akte und legte sie neben Romans in der Küche ab. Ich klappte sie auf und betrachtete die Bilder und Zeichnungen der göttlichen Wölfe und der Mondgöttin, die eine schwache Narbe an der Seite ihres Halses hatte, die fast der Markierung eines Partners glich.

Ich lächelte, denn ich brauchte etwas Gutes in meinem Leben, bevor ich Romans Akte öffnete.

Als ich fertig war, schlug ich die Akte von Roman auf und starrte auf den Inhalt.

Der Magen dreht sich mir um.

Mein Herz rutschte mir in die Hose.

„Nein", flüsterte ich und schüttelte den Kopf. „Bitte, lass das nicht wahr sein."

Es tat mir so weh, dass sogar meine Wölfin in mir wimmerte, und sie hatte sich schon so lange nicht mehr wegen Roman gerührt. Ein Teil von mir dachte, dass meine Wölfin ihre Verbindung zu ihm verloren hatte, aber tief in ihrem Inneren liebte sie Roman immer noch. Ich fing an zu glauben, dass er ihr nach der letzten Nacht, nachdem er uns gesagt hatte, dass er Welpen wollte, wieder ans Herz gewachsen war. Aber das ... das würde uns zerstören.

„Das ist nicht wahr", flüsterte ich mir selbst zu, weil ich es nicht glauben wollte. „Das ist nicht wahr. Das ist nicht wahr. Das ist nicht wahr. Das ist nicht wahr. Roman würde mich nicht betrügen. Roman würde nicht mit ihr schlafen. Roman liebt mich. Roman liebt mich schon seit Jahren. Er würde so etwas nicht tun."

Aber er hatte mir nicht erzählt, wie er Scarlett dazu gebracht hatte, zu unserem Rudel zu kommen.

Partner, wimmerte meine Wölfin.

Partner.

Zum ersten Mal seit so verdammt langer Zeit hat sie Roman als unseren Partner erkannt. Und unser Partner würde uns so etwas nicht antun. Ich kannte Roman mein ganzes Leben lang und er hatte uns immer beschützt und sogar aufgehört, sich mit anderen Leuten zu verabreden, als er herausfand, dass wir zusammengehörten. Er würde mich nicht betrügen.

Ich konnte das nicht glauben.

Partner, flüsterte meine Wölfin wieder durch meinen Geist. *Warum sollte er das tun?*

Das würde er nicht, versicherte ich. *Kylos Männer haben die falschen Informationen gefunden.*

So musste es sein.

Nachdem ich den Ordner geschlossen hatte, ging ich ins Schlafzimmer, wo Romans Geruch noch immer in den Laken hing, kroch ins Bett und hüllte mich in seinen Duft. Ohne an etwas Gutes zu denken, würde ich sicherlich durchdrehen.

Warum liebt Partner uns nicht?

Das tut er.

Warum sollte er uns das antun?

Warum sollte er uns das antun?, wiederholte ich und hoffte, dass sie einsehen würde, dass es keinen Grund gab, warum Roman jemals fremdgehen würde.

Roman liebte uns mehr als alle anderen. Das hatte er immer getan.

Meine Wölfin schwieg länger als ein paar Augenblicke, aber dann sagte sie: *Weil ich ... ich ihn nicht so geliebt habe, wie ich es hätte tun sollen. Er muss das getan haben, um sich an mir zu rächen, wegen Kylo. Aber ... ich habe nie aufgehört, ihn zu lieben. Kylo ist ebenfalls mein Partner, und ich ... es tut mir leid, dass ich uns das angetan habe.*

Meine Brust wurde enger, ich starrte an die Decke und biss mir auf die Lippe, um ein Wimmern zu unterdrücken. *Er hat uns nicht betrogen,* sagte ich zu ihr, auch wenn ich es mehr zu mir selbst sagte. *Das würde er nicht tun, egal wie sehr du Kylo willst. Damit würde er uns beiden wehtun, mir und dir. So jemand ist er nicht. Sag mir, dass du das weißt.*

Wieder hielt sie inne. *Ich weiß.*

Als mir die Worte durch den Kopf schossen, legte ich mich schließlich auf Matratze und schloss die Augen. Obwohl ich immer noch die Angst in ihr spürte, wusste ich, dass sie es tief in ihrem Inneren auch glaubte. Roman würde uns niemals absichtlich verletzen oder mit Scarlett betrügen.

20
isabella

ICH WACHTE mit einem Schreck auf, mein Herz raste und mein Körper war gelähmt. Panisch versuchte ich, meine Arme zu heben, meine Beine an die Brust zu ziehen, meinen Körper umzudrehen, doch alles, was ich tun konnte, war, meinen Kopf zur Seite zu drehen und ein helles Licht zu sehen, das aus der Ecke des Zimmers kam.

Als ich die Augen zusammenkniff und versuchte, klarer zu sehen, stockte mir der Atem. Die Mondgöttin stand in der Ecke, mit einem breiten Lächeln und einem sanften Gesicht, alles an ihr verlangte meine Aufmerksamkeit. Und ich würde nicht wegschauen, wenn sie mir die Chance dazu geben würde.

„Wie kommst du hierher?", flüsterte ich. „Ich dachte, Dolus hätte dich gefangen."

Nach einem Moment kam sie näher und nickte. „Er hält mich gefangen."

„Und in meinem Schlafzimmer?"

„Du träumst, mein Schatz."

„Von dir?"

„Wem sonst?", fragte sie und schenkte mir ein atemberaubendes Lächeln. „Wir müssen reden. Setz dich auf."

Als sie den Finger hob, um mir zu signalisieren, dass ich mich aufsetzen sollte, konnte ich meinen Oberkörper endlich wieder bewegen und lehnte mich gegen das Kopfteil. Ich träumte nur noch selten und wenn, dann war es meist ein Albtraum über Dolus oder Derek. Niemals ein Traum von der Mondgöttin.

„Worüber willst du reden?", fragte ich.

„Darüber, mich zu finden."

„Wir tun alles, was wir tun können", sagte ich und fuhr mir mit der Hand über das Gesicht.

„Du hast viel getan." Sie hielt inne. „Aber nicht alles."

„Was können wir noch tun? Ich habe ununterbrochen bei den Lykanern gearbeitet und bin tagelang wach geblieben, um das alles herauszufinden. Roman hilft, wo er nur kann. Kylo auch. Sag mir, was ich anders machen kann, um dich schneller zu finden, denn so viele Menschen werden von Dolus kontrolliert. Ich habe Angst, dass wir verlieren werden."

Sie ging durch den Raum, ihr Licht folgte ihr und beleuchtete all die Mondblumen, mit denen ich Rykers altes Zimmer dekoriert hatte. Dadurch wirkte es weniger als sein und mehr wie mein Raum, denn das war er ja auch. Am Fenster hielt sie inne und starrte hinaus ins Tageslicht.

Tageslicht.

Ich meine, ich habe tagsüber ein Nickerchen gemacht, aber … das Licht war trotzdem unangenehm.

„Was ist da?", fragte ich erneut.

Sie presste ihre Lippen zu einem schmalen Strich. „Ich habe dir nicht ohne Grund einen weiteren Partner gegeben, Isabella. Mit Kylo an deiner Seite bist du stärker, aber du lehnst die Bindung zu deinem Partner weiterhin ab. Wenn du dich nicht bald von ihm markieren lässt, wird es zu dem Punkt kommen, an dem es dir und deiner Wolfsseele schaden wird."

Mein Magen drehte sich um, meine Brust zog sich zusammen. „Aber ich …"

„Isabella, du hast mich gefragt, was du tun kannst, und ich sage dir genau, was getan werden muss. Wenn du dich nicht mit ihm vereinigst, wird diese ganze Welt zusammenbrechen. Du wirst dich mit der Verderbnis infizieren und wem können wir dann noch trauen? Die Anführerin der Lykaner wird nicht mehr vertrauenswürdig sein, genau wie Ryker. Alles, wofür du gearbeitet hast, wird den Bach heruntergehen. Die Spezies der Werwölfe wird aussterben und es wird deine Schuld sein."

Ich hielt eine Weile inne und starrte auf die Bettdecke, Romans Duft lag noch immer in der Luft. Sosehr ich mir auch wünschte, dass alles ohne meine Partnerschaft mit Kylo in Ordnung kommen würde, war das nicht der Fall. Ich hatte meine Wünsche und Bedürfnisse über alle anderen gestellt und das ging nicht länger.

„Was machen wir, wenn wir verpartnert sind?", fragte ich. „Inwiefern ändert das etwas?"

Sie drehte sich wieder zu mir um, kam nahe genug heran, um sich auf die Bettkante zu setzen und strich mir eine Haarsträhne aus dem Gesicht. „Oh, Isabella, weißt du nicht mehr, wie es sich angefühlt hat, als du und Roman euch endlich gepaart habt? All diese aufregenden Gefühle, das Gefühl, vollkommen zu sein und auf Wolken zu schweben, als wärst du fast unaufhaltsam."

Ich nickte.

„Mit Kylo wird es noch besser sein. Da du und er die göttlichen Wölfe seid, *werdet* ihr unaufhaltsam sein. Niemand wird euch auch nur anrühren können und ihr werdet Dolus mit einem Fingerschnippen besiegen. Du kannst dir gar nicht vorstellen, wie viel Macht du besitzen wirst, wenn er seine Zähne in deinem Hals versenkt."

Sie strich mit ihren Fingern über die kahle Seite meines Halses, wo Kylo mich markieren würde. Ich zitterte, nicht vor Freude, sondern vor Angst. Wenn sie die Wahrheit sagte, hatte ich Angst, dass das Band, das ich mit Roman hatte, in Tausend Stücke zerbrechen würde. Das konnte ich auf keinen Fall zulassen, egal was passierte.

„Du zögerst immer noch."

„Ja", flüsterte ich, „ich will nicht, dass Roman mich verlässt. Ich liebe ihn."

„Aber du liebst auch die Werwolf-Spezies, nicht wahr?"

Ich hielt inne und starrte auf meinen Schoß, Schuldgefühle überkamen mich.

Sie nahm mein Kinn und zwang mich, zu ihr aufzublicken, ihre Berührung war sanft. „Tust du das?"

„Ja."

Nach einem Moment lächelte sie und strich sich einige Haare hinters Ohr. Ich warf einen Blick auf ihren Hals und erschrak, als ich sah, dass er nackt war. Keine Narbe, kein Mal, wie ich es auf der Zeichnung der Mondgöttin aus Rajs Akte gesehen hatte. Verdammt, ich konnte mich nicht daran erinnern, es gesehen zu haben, als ich sie das erste Mal auf dieser Party getroffen hatte.

Sie zog die Brauen zusammen. „Stimmt etwas nicht?"

Ich löste meinen Blick von ihrem Hals und lächelte. „Nein. Ich bin nur … nervös."

Ich hatte Angst, dass dies gar nicht die Mondgöttin war.

Der Künstler der Originalzeichnungen mag diesen Aspekt hinzugefügt haben, um zu zeigen, wie wichtig der Biss der Partner war, aber auch in den Lesungen und alten Texten war flüchtig davon die Rede gewesen. Diese Frau, die vor mir saß, war nicht die Mondgöttin und das hier war kein Traum.

Es war echt und sie war eine Betrügerin.

21
isabella

„ICH WERDE DICH JETZT VERLASSEN, ISABELLA", sagte die Betrügerin.

Sie stand auf und ging zur Schlafzimmertür, ihr weißes Kleid wehte so schön hinter ihr her, dass ich ohne ihren makellosen Hals geglaubt hätte, die Mondgöttin hätte meine Träume besucht und ich müsste mich wirklich von Kylo markieren lassen, um die Welt zu schützen.

Nachdem ich mich aufgerichtet hatte, sagte ich: „Warte", denn ich wollte, dass sie so lange wie möglich blieb.

Früher oder später würde Raj ins Haupthaus kommen, um mich für das Training und die Arbeit heute zu wecken. Ich wollte, dass auch er sie sah.

„Was ist denn, meine Liebe?", fragte sie und blickte über ihre Schulter.

„Bitte, bleib bei mir. Sag mir, was ich noch tun muss."

„Ich kann nicht länger bleiben. Dolus wird herausfinden, dass ich dich in deinen Träumen besucht habe. Und wenn er mich gewaltsam herausholt, wird er alles erfahren, was ich dir gesagt habe. Vor allem, dass ich dir gesagt habe, was getan werden muss."

Die „Mondgöttin" sprach so sicher, dass ich ihr fast glaubte.

Wer auch immer diese Frau war ... sie war verdammt gut in dem, was sie tat.

„Bitte", flüsterte ich und kroch an den Rand des Bettes. „Bleib."

„Ich muss gehen." Sie öffnete die Schlafzimmertür. „Viel Glück."

Und damit war sie weg.

Sobald sich meine Schlafzimmertür schloss, schloss ich die Augen und erzwang die Gedankenverbindung zu Raj, in der Hoffnung, dass er sich im Gebiet der Lykaner befand.

Seine Stimme klang wie ein Seufzer, als würde er jemanden ausschimpfen, weil er etwas falsch gemacht hatte. *„Hallo?"*

„Raj, du musst mir zuhören. Eine Frau verlässt gerade das Rudelhaus der Lykaner. Sie behauptet, die Mondgöttin zu sein, ist aber eine Betrügerin. Du musst herausfinden, wohin sie geht. Folge ihr, aber lass dich nicht sehen und hinterlasse keine Spur deines Geruchs. Und vor allem: Lass dich nicht auf sie ein."

Nur durch die Gedankenverbindung konnte ich spüren, wie angespannt Raj war. *„Ist alles in Ordnung? Hat sie dich verletzt?"*

„Nein, aber du musst jetzt gehen, bevor sie verschwindet. Wir brauchen Informationen über sie. Ich werde dir heute Abend erzählen, was los ist. Ich muss jetzt mit Roman sprechen. Bitte, lass mich nicht im Stich. Das ist unser erster Anhaltspunkt, um vielleicht Dolus zu finden."

Nachdem er am anderen Ende gegrunzt hatte, schaute ich aus dem Fenster, um zu sehen, wie die Frau nach Norden durch den Wald verschwand und zog mir eine Hose an. Das war verdammt übel – so übel. Ich hatte seit der Party auf diese Frau gehört. Wer wusste schon, ob das, was sie gesagt hatte, eine Lüge oder die Wahrheit war? Ehrlich gesagt, konnte ich im Moment nichts davon glauben.

Womöglich war Kylo gar nicht mein göttlicher Partner. Und ich war keine göttliche Wölfin.

Ein mulmiges Gefühl machte sich in meinem Körper breit. Aber warum sollte meine Wölfin dann so auf Kylo reagieren, wie sie es tat? Sie würde mir nicht sagen, dass er unser Partner sei, wenn er es nicht war. Vielleicht war sie hypnotisiert oder ... oder so etwas, denn das alles ergab verdammt noch mal keinen Sinn.

Als ich beschloss, dass die Luft rein war, sprintete ich die Treppe hinunter, aus dem Haus und in den Wald und eilte zu meinem Rudel. Romans Geruch lag noch immer in der Luft und der Gedanke an Kylo, der mir weis machen wollte, dass Roman mich betrogen hatte, ließ mich wie Scheiße fühlen.

Das stimmte nicht ansatzweise – das wusste ich.

Aber ich musste wissen, was passiert war, als er Scarlett gefangen genommen hatte. Hatte er ihr etwas antun müssen? Hatte er etwas gesehen, während er unterwegs war? War das, was geschehen war, so vernichtend, dass Roman sich nicht im Geringsten daran erinnern wollte?

Fünfzehn Minuten später lief ich zum Grundstück, um die Wolfskrieger beim Training zu beobachten. Roman stand mitten unter ihnen, der Schweiß lief an seiner straffen Brust herunter und das Sonnenlicht glitzerte auf ihm, wie auf einem Gott. Ich lehnte mich zurück und bewunderte ihn einen Moment lang, denn ich wusste, dass dieser Mann nichts tun würde, um mich zu verletzen.

Roman entdeckte mich von der anderen Seite des Feldes und hielt mit zusammengezogenen Augenbrauen inne. „Isabella?"

Ich konnte mich nicht zurückhalten, rannte zu ihm hinüber und umarmte ihn fest. Die Angst durchströmte mich bei dem Gedanken, mit dieser Frau allein im Haupthaus der Lykaner gewesen zu sein. Wenn sie es geschafft hatte, unbemerkt hineinzukommen, wer wusste, wozu sie sonst noch fähig war?

„Was ist los?", fragte er und nahm mein Gesicht in seine Hände. „Was ist passiert?"

„Du musst mir alles erzählen, was passiert ist, als du Scarlett gefangen genommen hast."

Er hielt inne. „Isabella, ich ..."

„Jetzt!", rief ich und bereute es sofort. „Tut mir leid, aber ich muss es wissen. Jetzt."

Er nahm meine Hand und zog mich in Richtung des Haupthauses. Ich stürmte rein, rannte in sein Büro und schloss die Tür hinter uns beiden.

„Wir haben keine Zeit mehr zu verlieren. Sag mir, was du nicht sagen willst. Ich verspreche dir, dass ich dich nicht hassen und dass ich dir glauben werde."

„Du wirst mich hassen", flüsterte Roman, dessen Stimme plötzlich so verletzlich klang.

„Sag es mir", flehte ich, ergriff seine Hand und hielt sie an mein Herz. „Ich weiß, dass du mich nur beschützen wolltest. Ich könnte dich niemals hassen – niemals. Bitte, vertrau mir das an oder … oder …" Ich hasste es, das überhaupt zu *denken*. „Sonst zwingt mich meine Wölfin zu glauben, was Kylo mir erzählt hat – dass du mich betrogen hast. Und ich weiß, dass du mir das nie antun würdest."

Roman schüttelte den Kopf, Tränen füllten seine Augen. „Ich würde dich nie betrügen, Isabella. Als ich dort war, habe ich Dinge gesehen und getan, an die ich mich nicht erinnern will. Alle waren tot, und Scarlett wollte nicht mitkommen, bis ich mich ihr gegenüber bewährt hatte, also … zwang sie mich …"

Wir hatten einander Kraft gegeben, um die schlimmsten Dinge in unserem Leben zu überstehen, und ich wusste, dass dies eines davon war.

Also strich ich mit den Fingern durch sein Haar und küsste ihn sanft. „Was hast du getan?"

„Sie hat mich gezwungen, einen unschuldigen Jungen zu töten." Eine Träne glitt über seine Wange. „Es tut mir leid. Ich hätte es nicht tun sollen. Ich konnte sie nicht dazu bringen, mir anders zu vertrauen. Ich bin ein verdammt schrecklicher Mensch, so verdammt beschissen. Ich hätte es dir schon früher sagen sollen. Ich habe so lange versucht, es zu verdrängen."

Mein Herz brach, aber das änderte nichts an meinen Gefühlen für ihn. Fast nichts würde das tun.

Stattdessen zog ich ihn näher an mich heran und legte seinen Kopf auf meine Schulter, ließ meinen Alpha sich die Augen ausweinen und endlich … endlich damit fertig werden, was er getan hatte. Und so schlimm es auch war, er hatte keine andere Wahl gehabt, als es zu tun, um die Oberhand zu gewinnen. Zumindest war das so, bevor ich herausgefunden hatte, dass die Mondgöttin eine Betrügerin war.

„Ich hasse dich nicht dafür", sagte ich. „Aber ich muss dir etwas sagen. Jemand … jemand hat es in das Haupthaus der Lykaner geschafft und behauptet, die Mondgöttin zu sein. Sie war auch mit Kylo auf der Party gewesen. Ich weiß nicht mehr, was ich glauben soll, ich weiß nur, dass sie eine Betrügerin ist und dass ich Kylo nicht mehr traue. Wir müssen das herausfinden – gemeinsam."

22

isabella

„WIR MÜSSEN EINE LÖSUNG FINDEN", sagte ich zu Roman, nahm seine Hand und führte ihn die Stufen zu Kylos Haus hinauf.

Seinem intensiven, anhaltenden Geruch nach zu urteilen, musste er hier sein und wir konnten nicht mehr so lange warten, bis wir von Raj hörten. Ich musste selbst nachforschen.

„Das ist nicht der richtige Weg", sagte Roman und legte seine Finger um meine.

„Hast du einen anderen Vorschlag?" Ich starrte zu Kylos Tür hinauf, mein Magen war wie verknotet. Als Roman mir nicht antwortete, hob ich meine Faust und klopfte an die Tür. „Es tut mir leid, Roman, aber das muss so schnell wie möglich erledigt werden. Wir haben momentan keine andere Wahl. Sobald wir eine haben, werden wir …"

Die Tür ging auf und Kylo stand mit zerzaustem Haar vor uns.

Ich schenkte ihm ein kleines Lächeln, ließ Romans Hand los und trat näher an ihn heran. „Kylo", sagte ich und ließ meine Wölfin leicht schnurren – ganz leicht, damit es nicht verdächtig wirkte. „Können wir reinkommen? Ich glaube, wir haben alle ein paar Dinge zu besprechen."

Als er von mir zu Roman sah, verhärtete sich sein Blick. Ich nahm seine Hand, um ihn davon zu überzeugen, dass dies das Beste sei.

Und zum Glück sah er mich wieder an und lächelte. „Für dich tue ich alles."

Er öffnete die Tür weiter, trat zurück und ließ uns in sein Haus. Es war seltsam, wieder hier zu sein, und ich fühlte mich … gelinde gesagt unwohl. Zugegebenermaßen wusste ich nicht, ob es eine schlechte Idee war, hier zu sein oder nicht. Ich wusste nur, dass ich das ätzende Warten hasste.

Als wir auf den weißen Ledersofas im Wohnzimmer saßen, räusperte ich mich. „Ich wollte mich entschuldigen. Ich wollte dich vorhin nicht anschnauzen und dir drohen, dich zurückzuweisen. Meine Wölfin ist bereit, sich markieren zu lassen, aber ich brauche noch ein bisschen Zeit." Ich beugte mich näher zu ihm und nahm seine Hand. „Ich hoffe, du verstehst, dass es nicht an dir liegt."

Kylo seufzte tief. „Es ist meine Schuld. Ich hätte es dir nicht aufdrängen dürfen. Ich kann mich nicht länger beherrschen. Ich habe so lange auf dich gewartet, Prinzessin. Ich will nicht noch einen Moment länger warte. Aber ich werde es tun, wenn es das ist, was du brauchst."

Einen Moment lang herrschte völlige Stille und weder Roman noch ich wussten, was wir als Nächstes sagen sollten. Wir waren nicht wirklich mit einem anderen Plan hergekommen, als Kylos Vertrauen wiederzugewinnen und herauszufinden, was zum Teufel hier los war. Aber sein Vertrauen zu gewinnen, konnte so viel bedeuten.

„Hattest du schon Gelegenheit, in die Akte zu schauen, die ich dir gegeben habe?", fragte Kylo.

Ich schüttelte den Kopf und tat so, als ob es mich nicht berührt hätte. „Noch nicht. Ich habe letzte Nacht nicht geschlafen, also habe ich heute ein Nickerchen gemacht. Und, äh, die Mondgöttin hat mich in meinem Traum besucht. Ich wollte kommen und es dir sagen."

Kylo setzte sich aufrecht hin und sah bei der Erwähnung der Mondgöttin lebhafter aus. „Hat sie das?"

Ich nickte. „Zumindest ihr Geist oder so. Sie ist wirklich in Dolus' Gefangenschaft. Sie sagte mir, dass … wir die Einzigen sind, die Dolus besiegen können – gemeinsam. Wir müssen sie befreien, und … das bedeutet, dass du mich bald markieren musst."

Kylo bemühte sich, sein Grinsen zu verbergen, aber es gelang ihm nicht.

Ich rückte näher an ihn heran und zog Roman mit. „Ich dachte, es wäre für uns alle das Beste, wenn wir … uns einen Tag Zeit nehmen, um uns etwas besser kennenzulernen. Je mehr ich über dich erfahre", ich strich ihm eine Strähne seines braunen Haares aus der Stirn, „desto wohler werde ich mich fühlen, wenn du mich markierst."

„Einverstanden", sagte Roman schließlich. „Wir sind schon durch die verdammte Hölle gegangen. Ich war einfach gestresster als sonst. Ich wollte mich auch entschuldigen. Lass uns essen und dann können wir …", Roman sah mich an, seine Augen waren dunkel und er legte seine Finger um meine Taille, als ob er mehr andeuten wollte „… sehen, wohin die Dinge führen."

Kylo schaute von Roman zu mir und sein Blick wurde weicher. „Na gut, dann wollen wir mal sehen, was der heutige Tag bringt."

23

roman

„WIR MÜSSEN *Kylo noch eine Weile ablenken"*, sagte Isabella durch die Gedankenverbindung. *„Und so viel herausfinden, wie wir können. Er hat nicht ohne Grund versucht, dich schuldig aussehen zu lassen. Raj stellt einige Nachforschungen für mich an. Bitte, spiel einfach mit."*

Ich würde auf meine Partnerin hören, weil sie mehr darüber wusste als ich, aber das bedeutete nicht, dass mir irgendetwas davon gefiel. Am liebsten hätte ich über den Tisch gegriffen und Kylo das Genick gebrochen.

Kylo lächelte Isabella – *meine* Isabella – so unschuldig an, als hätte er niemals versucht, mir den angeblichen Betrug anzuhängen. Wenn er irgendetwas über mich gewusst hätte, dann verdammt noch mal, dass ich so etwas nie tun würde. Ich liebte Isabella mehr, als er es je könnte. Ich hatte ihn sie sogar anfassen lassen, weil sie es so wollte. Das hätte ich nicht tun sollen. Das wusste ich jetzt.

Danach würde sie niemand mehr anfassen. Sie gehörte mir.

„Roman, bitte", flehte Isabella über die Verbindung.

„Na schön", knurrte ich, setzte mein bestes Lächeln auf und legte eine Hand auf ihren Oberschenkel.

Isabella verkrampfte sich kurz, schaute zu mir herüber und

fragte mich mit ihren schönen Augen, was ich da tat. Meine Lippen verzogen sich zu einem Lächeln und ich atmete ihren Duft ein, um mich zu beruhigen, während ich noch näher an sie heranrückte.

„Weißt du noch, was das letzte Mal passiert ist, als wir hier waren?", fragte ich, sah zu Kylo hinüber und verdrängte meine Wut.

Isabella warf mir einen Seitenblick zu. *„Was machst du da?"*

„Mitspielen, für dich", gab ich durch die Verbindung zurück.

Meine Hand glitt ihren Schenkel hinauf und rutschte unter den Rock, den sie heute für Kylo angezogen hatte. So sehr ich es auch verdammt noch mal hasste, ich wusste, dass ihn sie wiedersehen zu lassen vermutlich die einzige Möglichkeit war, um ihm überhaupt Informationen zu entlocken. Aber ich würde alles in meiner Macht Stehende tun, um das im Moment hinauszuzögern.

Also streichelte ich mit zwei Fingern über ihr Höschen und grinste Kylo an, der immer noch ein wenig zurückhaltend wirkte oder als würde er alles analysieren und nicht glauben, dass ich das wirklich wollte. Ich musste es verdammt glaubhaft machen, wenn das funktionieren sollte. Hoffentlich würde Raj bald etwas haben.

„Weißt du noch, wie Isabellas Muschi beim letzten Mal gerochen hat?", fragte ich ihn. „Besser als jedes Mittagessen es könnte." Ich schob ein paar Finger in ihr Höschen und rieb ihren Kitzler, bis ihre Muschi an meinen Fingern klebte. Ich legte meine freie Hand um ihren Hals und schaute auf sie herab. „Du warst so durcheinander an diesem Nachmittag. Du konntest nicht einmal zusammenhängend mit unserem Kellner sprechen." Ich sah hoch und sah eine Frau mit einer Schürze auf mich zukommen. „Mal sehen, wie du dich dieses Mal schlägst."

„Roman", quietschte Isabella und ergriff meine Hand. „Bitte, lass uns einfach …"

Als die Kellnerin mit einem breiten Lächeln auf dem Gesicht herüberkam, zog ich meine Hand von Isabellas Hals weg, während ich die andere zwischen ihre Schamlippen schob und schenkte der Frau mein bestes Lächeln. „Wie geht es dir?"

„Gut, Alpha. Und dir?"

„Oh, mir geht es wunderbar."

Es war sowohl eine Lüge als auch die Wahrheit. Wenn ich jetzt an einem anderen Ort sein könnte, wo ich nicht Kylo gegenübersäße, würde ich es sofort vorziehen. Aber die Art, wie Isabellas Muschi auf mich reagierte, war einfach verdammt sexy. Sie kam immer am stärksten, wenn jemand zusah, selbst wenn es dieses Arschloch war.

„Was möchtet ihr denn heute? Wir haben ein paar Spezialitäten."

„Ladies first", sagte Kylo und sah Isabella aufmerksam an, wobei sich seine Augen kaum einen Moment von ihr lösten. „Was möchtest du, Isabella?"

Isabella grub ihre Finger fester in mein Handgelenk, aber ich hörte nicht auf, nur weil sie mir ein wenig Schmerz zufügte. Ihre Krallen in meinem Handgelenk bewirkten nur, dass ich sie zum Schreien bringen wollte, zum Weinen, zum Flehen nach mir und nur nach mir. Genau hier. Vor Kylo, dieser Kellnerin und allen anderen.

„Ich, ähm, ich …", Isabella holte scharf Luft, ihre blassen Wangen erröteten. „I…"

Ihr ganzer Körper spannte sich an und sie presste ihre Schenkel zusammen.

„Wir warten", sagte ich.

„Ich habe noch nicht einmal in die Speisekarte gesehen." Sie starrte auf die Speisekarte, die sie bei unserer Ankunft gut zwanzig Minuten lang studiert hatte. Sie hatte vorhin nicht gewusst, was sie Kylo sagen sollte, und so war der Blick auf die Speisekarte, das Einzige, was sie tun konnte.

Meine Finger glitten in ihre enge Muschi und krümmten sich genau im richtigen Winkel, um ihren G-Punkt zu treffen.

„Ich nehme das Steak", sagte sie schnell und wimmerte zum Schluss.

Die Kellnerin kritzelte etwas auf ihren Notizblock und sah wieder auf. „Wie hättest du es denn gerne?"

„Medium".

„Und Kartoffelpüree und grüne Bohnen oder …"

„Gottverdammt", sagte Isabella durch die Gedankenverbindung, ihre Muschi krampfte sich zusammen, als meine drei großen Finger ihren G-Punkt massierten. *„Du wirst mich verdammt noch mal zum Kommen bringen."*

„Was auch immer, passt alles!" Isabella griff nach ihrem Wasser und nahm einen großen Schluck, biss auf den Strohhalm und stöhnte erneut leise.

Nachdem Kylo und ich unser Essen bestellt hatten, zog ich Isabella das Wasser weg und zwang sie, sich in unserer Sitzecke zurückzulehnen, wobei ich Kylo ihren erröteten Körper zeigte, weil er nicht mehr so leicht zu beeindrucken war wie beim letzten Mal. Entweder gefiel es ihm nicht, dass ich sie berührte, oder er glaubte nicht, dass wir wieder miteinander sprachen.

Und ich hoffte bei der Göttin, dass er nicht hinter uns her war.

„Sag mir, was du siehst, Kylo", befahl ich, weil ich brauchte, dass er wenigstens für eine kurze Zeit mitmachte. Ich wollte das nicht für den Rest der Nacht, den Rest der Woche und schon gar nicht für den Rest meines Lebens tun. „Wie sieht Isabella für dich aus?"

Kylo lehnte sich zurück, verschränkte die Arme vor der Brust und ließ seinen Blick an Isabellas Körper hinunter schweifen. Und dann verzog er endlich seine Lippen zu diesem Grinsen, das er immer bei Scarlett hatte, als sie noch zusammen waren. Ich wusste, dass wir kurz davor waren, ihm für einen Moment nahezukommen, dass er seinen Schutz fallen ließ.

„Wie eine triefende, sabbernde kleine Göre."

Mit großen Augen wischte sich Isabella den Sabber von der Lippe und wurde rot. „Oh, Göttin."

„Sie ist hungrig auf einen Schwanz, nicht wahr?", fragte ich.

Kylo holte scharf Luft und schob eine Hand unter den Tisch, wahrscheinlich um sich zu reiben. Ich nahm Isabellas Hand und legte sie auf die Beule in meiner Hose, sodass sie mir einen runterholte, bis sie wimmerte.

„Oh, bitte", flüsterte sie und sah zu mir auf. „Bitte, lass mich kommen. Ich muss kommen."

Ich nahm ihr Kinn und zwang sie, Kylo anzusehen. „Frag ihn."

Kylo stöhnte leise vor sich hin. Da war es.

„Bitte, Kylo", murmelte Isabella, „darf ich kommen? Bitte!"

Kylo starrte sie einige Augenblicke lang an, seine Augen blitzten golden auf, und schließlich kam sein Wolf zum Vorschein, was bedeutete, dass wir etwas getan hatten, um ihn zu brechen, um ihn dazu zu bringen, uns wieder ein wenig zu vertrauen. Er grunzte als Antwort und nickte leicht und sie schlug sich eine Hand auf den Mund und stieß ein kehliges Stöhnen aus, während sich ihre Beine um mich herum zusammenzogen.

Das war zwar nicht viel, aber immerhin etwas.

24
isabella

„DAS ESSEN WAR WUNDERBAR", sagte ich zur Kellnerin, als sie uns die Teller abnahm. „Danke."

Während des gesamten Mittagessens hatte Roman immer wieder mit mir gespielt, weil er dachte, das würde Kylo für mich erweichen und zugegebenermaßen, war das ein Anfang. Er war freundlicher geworden im Vergleich zu heute Morgen, als wir in seinem Haus aufgetaucht waren, beide nervös.

Ich hoffte nur, dass er nicht hinter uns her war.

„Also ..." Ich beugte mich vor und überlegte, was ich sagen sollte.

Roman konnte das besser als ich, aber vielleicht lag das daran, dass er Kylo besser kannte. Er wusste, was ihn erweichen würde. Er schien mehr zu wissen als selbst meine Wölfin, die den ganzen Morgen über seltsam ruhig gewesen war.

„Was hast du heute vor, Kylo? Irgendwelche Pläne, oder hast du sie alle für uns abgesagt?"

Kylo legte seine Serviette auf den Tisch und lehnte sich in der Sitzecke zurück, seine Muskeln spannten sich unter seinem Polo-shirt. Ich ließ meinen Blick einen Moment länger verweilen, als ich es hätte tun sollen, denn ich wusste, dass Kylo es liebte, wenn ich ihn betrachtete. Jede Art von Zuneigung von mir liebte er.

„Ich habe ein paar Gefangene, nach denen ich sehen muss, aber ansonsten …", begann Kylo, schenkte mir ein Lächeln und beugte sich vor, um meine Hand zu ergreifen.

Roman verkrampfte sich neben mir, aber ich griff mit meiner freien Hand unter dem Tisch nach seiner Hand, um ihn zu beruhigen. Das musste funktionieren. Wir hatten den ganzen Morgen mit ihm verbracht und so wenige Fortschritte gemacht, aber es war immerhin etwas. Jetzt gab es kein Zurück mehr. Also ließ ich Kylo unsere Finger ineinander verschränken.

„Du bist alles, was ich auf dem Plan habe."

„Ich und Roman?"

Kylo holte schwer Luft und sah zu Roman hinüber, der seine Hand von meiner wegzog und sie um meine Taille legte.

Kylo hielt einen langen Moment inne und nickte dann schließlich. „Du und Roman, aber das war's. Niemand sonst, nicht heute."

Nach einem Blick auf seine Uhr räusperte sich Kylo. „Ich sollte jetzt nach ihnen sehen. Ich treffe euch in zwanzig Minuten im Haupthaus."

Plötzlich summte meine Gedankenverbindung und Rajs Stimme meldete sich zum ersten Mal seit Stunden. Zeitweilig dachte ich, dass die Frau, die mich heute Morgen besucht hatte, alles herausgefunden und ihn getötet hatte. Das wäre verdammt noch mal nicht gut.

„*Isabella, ich bin dieser Frau gefolgt*", begann er. „*Sie verschwand in etwas, das wie ein unterirdisches Gefängnis aussah. Ich schlüpfte in den Gang, in den sie gegangen war, und konnte sie dort nicht mehr finden. Ich habe jede Spur von ihr verloren. Es war, als wäre sie vollkommen verschwunden.*"

Ein unterirdisches Gefängnis? Mitten im Wald?

Ich sah zu Kylo hoch, mein Magen verkrampfte, und ich lächelte ihn an. „Können wir mit dir kommen?"

Raj sprach weiter: „*Das Gefängnis war leer. Es sah aus, als wäre es schon seit Hunderten von Jahren leer, aber ich habe irgendwo Tonnen von*

Silber gerochen, obwohl das Gefängnis nicht aus so vielen Silberzellen bestand, also weiß ich nicht, woher es kam."

„Wo war es? Bei Kylo?"

„Nein", sagte Raj, *„in der Nähe von Scarletts altem Haupthaus."*

Nachdem ich ihm zugehört hatte, beugte ich mich vor, um Kylo zu drängen, uns mitkommen zu lassen. Kylo hatte ein unterirdisches Gefängnis, das genauso aufgebaut zu sein schien. Ich war in den vergangenen Wochen ein- oder zweimal dort unten gewesen und hatte den Geruch von haufenweise Silber wahrgenommen. Die Zellen waren aus Silber, aber dem intensiven Geruch nach zu urteilen, musste da noch mehr sein. Ich wusste, dass es so war.

Selbst wenn Kylo nichts verheimlichte und völlig unschuldig war, konnte ich vielleicht sein Gefängnis analysieren, weil es ähnlich aussah. Vielleicht könnte ich herausfinden, wohin die Frau gegangen war, denn sie war keine Göttin. Sie sollte nicht in der Lage sein, mit einem Fingerschnippen aus einem Raum zu verschwinden.

„Sicher", sagte Kylo nach einem Moment.

Also schlüpften wir alle aus der Sitzecke und folgten Kylo in Richtung des Gefängnisses. Mit jedem Schritt, den wir machten, zog sich mein Magen mehr und mehr zusammen. Etwas fühlte sich nicht ganz richtig an, denn ich hatte erwartet, dass Kylo sich weigern würde, um Informationen zu verheimlichen. Aber er war offen dafür, mir alles zu zeigen, was er hatte.

Was ich erwartete und was er tat, stimmte nicht überein.

Und das machte mich unruhig.

Nachdem die Wachen die Doppeltüren für uns geöffnet hatten, gingen wir hinunter in das Gefängnis. Kylo knipste das Licht an und die Gefangenen grunzten und brüllten als Reaktion auf die Helligkeit. Er schob einige Spinnweben beiseite und ergriff meine Hand, um mich die knarrende Treppe hinunterzuführen.

Jede Zelle, jeden Raum, den wir betraten oder an dem wir vorbeikamen, schaute ich mir an und inspizierte so viel wie möglich, ohne dabei verdächtig zu wirken. Ich wollte noch nicht, dass Kylo etwas mitbekam. Noch nicht einmal, dass ich herausgefunden hatte, dass die Mondgöttin nicht die echte Mondgöttin war.

„Lenke Kylo für eine Sekunde ab", sagte ich zu Roman über die Gedankenverbindung.

Der runzelte die Stirn und ging dann ein paar Schritte vor, um zu Kylo aufzuschließen und mit ihm ins Gespräch zu kommen. Ich hatte erwartet, dass sie beide aufeinander losgehen würden, aber ausnahmsweise sprachen sie tatsächlich über Krieg, Wölfe und Gefangene. Nicht über mich.

Während sie vorausgingen, blieb ich zurück und sah mich um, wobei ich in einem bestimmten Bereich den markanten Geruch von Silber wahrnahm. Ich ging in den Raum und suchte ihn ab, fragte mich, woher dieser Geruch wohl kommen mochte.

Ich schob einige Regale zur Seite, schaute unter die Möbel und auf die unordentlichen Tische.

Nichts.

Und als ich hörte, dass Roman und Kylo zurückkamen, fluchte ich leise und zog einen Teppich hoch, als letzte verdammte Hoffnung, irgendetwas zu finden, das mir Aufschluss darüber geben könnte, wie diese Frau verschwunden sein konnte. Ich wusste nicht, wohin zur Hölle die Frau wirklich gegangen war oder ob Kylo sie an denselben Ort gebracht hatte, aber ... die Grundrisse der Gefängnisse waren identisch.

Meine Augen wurden groß beim Anblick der Luke unter dem Teppich.

Eine Luke, die *überall* hinführen konnte.

Eine Luke, die nach Silber roch.

25

isabella

DIE ALPHAS SASSEN im Saal der Lykaner und unterhielten sich lautstark, ihre Stimmen waren voller Sorge. Die Lykaner versuchten, sie so gut wie möglich zu beruhigen, aber diejenigen, die gewalttätig waren, die schubsten und drängelten, stuften wir als verdorben ein und nahmen sie fest. Ich wollte kein Risiko eingehen. Wenn sie sich nicht benehmen konnten, würden sie wie wilde Tiere behandelt werden.

Ich warf einen Blick auf Kylo und Roman, die in der ersten Reihe saßen und ballte meine Faust hinter dem Podium.

Es war drei Tage her, drei verdammte Tage, seit ich die Luke in Kylos Gefängnis gefunden hatte. Und egal, wie viel Zeit verstrichen war, egal, was für einen Plan ich mir ausgedacht hatte, ich war nicht in der Lage gewesen, wieder in sein Gefängnis zu gelangen, ohne dass er mich begleitete oder Verdacht schöpfte.

Und so stark ich auch war – ich hatte jahrelang trainiert, um eine Lykanerin zu werden und Verbrecher zur Strecke zu bringen – ich war nicht dumm. Ich hoffte, dass Kylo nicht *Dolus* war, aber ich hatte ein flaues Gefühl im Magen, dass er die ganze Zeit über die falsche Göttin Bescheid gewusst hatte und noch *viel mehr* vor mir verbarg. Falls er es war, wusste ich nichts über ihn oder seine Kräfte.

Wer wusste schon, wozu Dolus fähig war?

Aber nachdem ich mich ein paar Tage lang im Haupthaus der Lykaner eingeschlossen und jedes Buch und jede wissenschaftliche Arbeit über Dolus und die göttlichen Wölfe studiert hatte, lernte ich ihn und seine Kräfte etwas besser kennen.

Eines stand fest: Er war furchterregend. Ein Meister der Täuschung und des Verrats, der List und der Verschlagenheit, Dolus hatte das Blaue vom Himmel gelogen und die Welt besser getäuscht als jeder andere. Und es waren nicht nur Menschen, die er betrog, sondern auch Götter. *Götter.* Roman und ich waren nur Sterbliche.

Wenn er uns vernichten wollte, könnte er das in einem Augenblick tun.

Wenn Kylo denn Dolus war.

Das war einer der Gründe, warum ich heute ein Alphatreffen einberufen hatte: Um über Dolus zu sprechen und darüber, wie wir ihn dieses Mal endgültig besiegen würden. Ich brauchte andere Leute um uns herum, wenn Roman und ich den geheimen Plan, den wir uns gestern Abend ausgedacht hatten, in die Tat umsetzen wollten. Das brachte uns der Öffnung der Luke nicht näher, aber vielleicht ... würde Kylo sein wahres Gesicht zeigen, wenn er Dolus war.

Als die Sitzung in die Mittagspause ging, räusperte ich mich. „Naomi.“

Ich gab ihr ein Zeichen, nach vorn zu kommen, während ich meinen Blick auf Roman richtete, der neben Kylo unruhig und nervös wirkte. Er hatte seinen Blick heute nicht ein einziges Mal von mir abgewandt und führte diesen Plan bisher perfekt aus.

Naomi sprang von ihrem Platz auf und eilte nach vorn. Hinter dem Podium überreichte ich ihr einen Zettel, den sie auffaltete und mit großen Augen zu mir hochsah. Wenn sie eine Wölfin wäre, hätte ich das mit ein paar Worten durch die Gedankenverbindung diskreter regeln können, aber das ging jetzt nicht. Vielleicht würde sie eines Tages eine Wölfin werden.

Sie zeigte mir den Zettel mit hochgezogenen Augenbrauen. „Du willst wirklich, dass ich das allein mache?"

Nachdem ich den Zettel, auf dem Beobachte *Beta Roger aus Kylos Rudel* stand, zurückgenommen hatte, zerriss ich ihn in kleine Stücke, die niemand je lesen könnte. Ich streute einige davon auf den Boden hinter dem Podium und steckte den Rest in meine Tasche, sodass selbst wenn jemand versuchen würde, ihn zu lesen, er nicht die ganze Nachricht erhalten würde.

„Nein, du wirst diese Mission mit Oliver ausführen." Ich sah zu Oliver, der im hinteren Teil des Raumes saß und Naomi zunickte.

Naomi errötete, sah mich an und nickte zustimmend.

Bevor sie gehen konnte, ergriff ich ihre Hand. „Enttäusche mich nicht. Das ist die wichtigste Mission, auf die du je gehen wirst."

„Ich verspreche, ich werde dich nicht enttäuschen."

Und weil ich wusste, dass Kylo jedes Wort unseres Gesprächs mitbekam, sagte ich: „Jetzt geh. Wir haben nicht viel Zeit. Du musst alles über Scarletts altes Rudel herausfinden, was du kannst. Wir haben eine Spur."

Als Naomi in Olivers Richtung davonlief, sagte ich den Alphas, dass wir fünf Minuten Pause machen müssten und dass es in unserem Vorzimmer Getränke gäbe. Beim letzten Mal hatten sie uns fast die Haare vom Kopf gefressen, aber … entweder das oder wir würden nichts herausfinden.

Ich sprang also von der Bühne und ging auf Roman und Kylo zu. Mein Magen verkrampfte sich bei dem Gedanken, diesen Plan mit Roman in die Tat umzusetzen. Das war mehr als verrückt. Kylo könnte ausrasten. Dolus könnte hervorkommen. Aber es musste getan werden.

Fast sofort stand Roman von seinem Platz auf und legte schützend seinen Arm um meine Taille, wobei er seine Finger etwas zu fest in meine Seite grub.

Kylo sah auf die Hand, sein Kiefer zuckte kurz, dann stand er auf. „Viele Alphas wurden verdorben."

„Zu viele", sagte ich, warf einen Blick hinter ihn und ging auf

Abstand zu Roman. „Ich sollte mal nach ihnen sehen. Raj wird meine Hilfe brauchen und ich …"

„Nein", knurrte Roman besitzergreifend.

Wieder bemerkte Kylo das und starrte ihn länger als gewöhnlich an.

Ich bewegte mich unbehaglich neben Roman und riss seine Finger von mir. „Roman, es ist alles in Ordnung. Es wird nur ein paar Minuten dauern."

„Ich will nicht, dass du verdorben wirst."

„Das werde ich nicht."

„Isabella", schimpfte Roman leise, „lass Raj sich darum kümmern. Ich weiß, du willst alle retten, aber du musst dich ausruhen. Du warst die letzten drei Tage wach und hast versucht, Dolus zu finden. Wenn du nicht schläfst, holt er dich vielleicht von mir weg. Und ich kann nicht noch jemanden verlieren, der mir wichtig ist. Das werde ich nicht zulassen."

„Ich dachte, das hätten wir hinter uns, Roman", schnauzte ich.

„Dachtest du, aber ich bin noch nicht darüber hinweg. Ich werde nie darüber hinweg sein. Du bringst dich immer wieder in Gefahr."

Oh, Roman war gut darin, sich zu verstellen.

Nachdem ich tief geseufzt hatte, schüttelte ich den Kopf. „Wir haben schon so oft darüber gesprochen, Roman. Ich muss noch ein paar Dinge mit den Alphas klären und dann bin ich wieder da. Es wird höchstens fünf Minuten dauern."

Romans Lippen zuckten und er knurrte erneut. „Du hörst nie zu."

„Und du vertraust mir nicht." Ich sah zu Kylo hinüber. „Pass ein paar Augenblicke lang auf ihn auf. Beruhige ihn. Ich muss mich um die Arbeit kümmern." Und damit verließ ich fluchtartig den Saal, bevor ich mir klar machte, dass das alles nur gespielt war, dass unser kleiner Streit geplant war, dass Romans übertriebenes Auftreten von Besessenheit nicht das war, wofür Kylo es hielt.

26
isabella

„BIST DU SICHER, *dass das funktionieren wird?"*, fragte Raj durch die Gedankenverbindung.

Vom Vorgarten des Lykaner-Haupthauses aus beobachtete ich, wie Naomi und Oliver durch den Wald verschwanden und zu Kylos Haus liefen. Ich hoffte bei der Göttin, dass alles klappen würde, dass unser Plan idiotensicher war, aber wer zum Teufel wusste schon, was mit uns passieren würde?

Ich ganz sicher nicht.

„Nein", erwiderte ich ehrlich.

Ich sprang die Verandatreppe hoch, um zurück zum Treffen zu gelangen, bevor Kylo und Roman in einen heftigen Streit gerieten. So wie Kylo Roman vorhin angeschaut hatte, als er mich berührte, wusste ich, dass er ihm oder mir sagen würde, dass Roman mir immer noch nicht vertraute. Dann musste ich ruhig bleiben.

„Wie viele wurden heute schon verdorben?", fragte ich Raj.

„Zu viele", sagte Raj und rieb sich mit der Hand über das Gesicht. „Fast die Hälfte der Wölfe, die in unserem Wald leben. Zum Glück kommen Jane und Vanessa langsam wieder auf die Beine, aber … Derek ist immer noch irgendwo. Einer unserer Wölfe hat gestern seinen Duft gerochen, als du die Akte über Dolus studiert hast."

Meine Augen weiteten sich. „Derek?"

„Ja, Derek – nicht sein Geist. Der echte Derek."

„Glaubst du, er ist ..." Ich hielt inne und lauschte auf eventuelle Spitzel im Wald, dann fuhr ich über die Gedankenverbindung fort, nur für den Fall. Niemand durfte die Informationen bekommen, die Raj und ich hatten. Wir hatten es noch nicht einmal einem der anderen Lykaner erzählt. *Meinst du, er ist hinter einer dieser unterirdischen Luken? Eingesperrt in einem silbernen Käfig?"*

Raj schnaubte und ging mit mir zurück in den Saal. *„Das hoffe ich. Wie auch immer, wir müssen ein Team zusammenstellen und zurück zum Käfig in Scarletts Haupthaus. Ich will nicht, dass jemand allein dorthin geht. Wir wissen nicht, was für ein abgefucktes Zeug in diesen unterirdischen Gefängnissen wartet."*

„Die Mondgöttin vielleicht."

Er lächelte nur ein wenig. *„Vielleicht."*

Plötzlich erstarrte er. *„Jemand beobachtet uns."*

Anstatt mir über die Schulter zu schauen, wie ich es eigentlich wollte, räusperte ich mich und sagte laut: „Schickt Krieger aus, die das im Laufe des Tages überprüfen. Das könnte eine Spur sein." Lüge. „Sag mir Bescheid, was los ist, dann können wir weitersehen."

Nachdem er mir zugenickt und: „Viel Glück", zugeflüstert hatte, verließ Raj den Saal.

Ich drehte mich um und sah Kylo nur wenige Meter von mir entfernt stehen, seine großen braunen Augen auf mich gerichtet. Und kurz musste ich meine Wölfin zum Schweigen bringen, als sie bei seinem Anblick schnurrte.

„Etwas gefunden?"

„Eine mögliche Spur."

Ich legte meine Hand auf seine Brust und erinnerte mich daran, dass ich einen Weg finden musste, in diese Luke zu kommen. Und als Lykanerin wusste ich, dass ich alles tun musste, um herauszufinden, was wirklich vor sich ging. Und alles bedeutete *alles*.

„Du gehst nicht mit ihnen raus?", fragte Kylo mit vor der Brust verschränkten Armen und einem kleinen Lächeln im Gesicht. „Hat die Anführerin der Lykaner Angst vor dem, was sie dort draußen finden wird?"

Mir blieb die Luft weg - und das nicht auf eine gute Art. Ich konnte nicht sagen, ob Kylo sich über mich lustig machen wollte oder ob er mich ernsthaft fragte, ob ich Angst vor Dolus hatte. Verdammt, da er ein mit Silber gefülltes Gefängnis in einem Gefängnis hatte, konnte er alles meinen.

„Erinnere dich an den Plan", sagte Roman durch unsere Gedankenverbindung und schaute uns vom Gang aus an. Selbst wenn ich ihm den Rücken zuwandte, wusste ich, dass er uns beobachtete und spürte, wie sich sein Blick in mich hineinbrannte. Es gefiel ihm nicht, dass ich mit Kylo allein war. *„Werde nicht wütend."*

„Nein, ich habe keine Angst, aber Roman wird mich nicht aus den Augen lassen", sagte ich.

Ich legte meine Hand auf meinen Bauch, schüttelte den Kopf und blieb in der Mitte des Raumes stehen. Nachdem ich einen Blick über meine Schulter zu Roman geworfen hatte, knabberte ich an der Innenseite meiner Lippe.

Wenn irgendetwas passierte und Kylo sich in den furchterregenden Dolus verwandelte, waren wir von einem Haufen unverdorbener Alphas und den stärksten Kriegern umgeben, um unser Land zu verteidigen. Ich musste glauben, dass wir alles in unserer Macht Stehende tun würden, um ihn aufzuhalten. Dolus hielt unsere Göttin gefangen.

Kylo räusperte sich. „Ich sage es dir nur ungern noch einmal, aber Roman glaubt nicht an dich und deine Fähigkeiten. Er denkt, du bist schwach, Isabella. Warum kannst du das nicht einsehen? Er wird nie auch nur die Hälfte des verdammten Mannes sein, der ich für dich sein könnte. Und ich habe dir den Beweis geliefert. Du hast die Akte gelesen, die ich dir gegeben habe, oder?"

„Ja", flüsterte ich und dachte an die Lügen, die Kylo mir aufgetischt hatte. „Ich habe sie gestern Abend gelesen, aber so einfach ist es nicht."

„Es ist ganz einfach. Er hat dich betrogen. Er nutzt dich aus. Was kann schon ..."

Bevor er seinen Satz beenden konnte, legte ich meine Hände auf seine Brust, um ihn zum Schweigen zu bringen. „Ich bin schwanger mit Romans Welpen."

27
kylo

„NEIN." Ich ballte die Hände zu Fäusten und schüttelte den Kopf. Wut durchbrach die ruhige Fassade, die ich in den vergangenen Wochen aufgesetzt hatte.

Das konnte doch nicht wahr sein. Isabella konnte nicht schwanger sein, schon gar nicht mit Romans verdammtem Welpen.

„Bitte, mach keine Szene", flüsterte Isabella.

Aber alles, was ich wollte, war, dieses Haus zu zerlegen. Ich wollte alle darin zerstören und Isabella endlich für mich beanspruchen, weil ich so lange auf sie gewartet hatte. Und ich war so verdammt nah dran, sie wieder für mich zu haben.

„Wie kann ich keine Szene machen?" Ich knurrte. „Roman hat dich betrogen, glaubt nicht an deine Fähigkeiten und wird dich immer davon abhalten, erfolgreich zu sein und die Frau zu werden, die du sein könntest. Und jetzt bist du auch noch mit seinem Kind schwanger!"

„Kylo", sagte Isabella, griff nach meinem Arm und grub ihre Krallen in mich, um mich zu beruhigen.

Nach all dieser Zeit wusste sie genau, wie sie mich beruhigen konnte, egal, wie sehr ich jemandem die Kehle aufreißen und ihn umbringen wollte.

Sie rückte näher an mich heran und senkte ihre Stimme. „Bitte, bleib ruhig. Ich brauche deine Hilfe."

„Meine Hilfe?", fragte ich und versuchte verzweifelt, meine Wut zu unterdrücken.

Und obwohl ich wütend auf Roman sein wollte, war ich noch wütender auf mich selbst. Ich hatte viel zu lange gewartet, um mit ihr zusammen zu sein. Sie hatte sich von mir getrennt und zog nun mit Roman und nur mit Roman Welpen auf.

Isabella schob mich weiter von Roman weg und auf die Veranda hinaus. „Nachdem Roman heute Morgen davon erfahren hat, ist er viel besitzergreifender geworden, vor allem, wenn ich mit anderen Leuten zusammen bin. Ich habe Angst, dass er vielleicht … vielleicht …"

Mein Herz schmerzte für meinen Partner. „Dass er was tun könnte?"

„Dass er mir wehtun könnte", flüsterte sie mit Tränen in den Augen. „Aus Versehen."

Sie verschränkte die Arme und ging weiter auf die Veranda und von der Tür weg, schüttelte den Kopf und starrte auf ihre Füße. „Du hast gesehen, wie er mit dir da drin war. Was ist, wenn er sich mit jemandem streitet, die Kontrolle verliert und aus Versehen mir oder dem Baby weh tut?"

Die Hände zu Fäusten geballt, starrte ich durch das Fenster zu Roman und wünschte mir nichts sehnlicher, als sein Leben zu beenden. Ich hätte es schon lange tun sollen. Er hatte es verdammt noch mal verdient, für das, was er Scarlett angetan und mir zuvor genommen hatte.

„Ich werde auf dich aufpassen, Isabella", sagte ich mit zusammengebissenen Zähnen. „Und ich werde mich auch um ihn kümmern."

Dies könnte meine Chance sein, Isabella zu zeigen, dass Roman ihr nichts bedeutete, dass ich der Einzige war, den sie jemals in ihrem Leben brauchen würde. Hier ging es nicht mehr um Schicksalsgefährten; es ging darum, wer sie mehr liebte. Und, verdammte Göttin, das tat ich.

Sie legte ihre Hände auf meine Fäuste. „Bitte, ich will nicht, dass du ihm wehtust. Lass mich das mit Roman regeln. Ich will nur, dass du mich beschützt."

„Ich werde Roman nicht wehtun", log ich.

Ihre stechend blauen Augen und die hochgezogene Augenbraue verrieten, dass sie mir nicht glaubte.

Isabella schüttelte den Kopf. „Kylo, du musst mir versprechen, dass du ihm nicht wehtun wirst. Wenn du ihm wehtust, tust du auch mir weh, und … und ich weiß, dass du mich liebst und ich liebe dich auch …"

Scheiße.

Diese Worte.

Diese verdammten Worte.

Ich hatte seit Ewigkeiten darauf gewartet, sie wieder zu hören.

Götter, diese Worte machten alles besser. Das hatten sie schon immer.

Sie redete weiter, aber ich verstand kein einziges Wort mehr, das sie sagte. Statt zuzuhören, strich ich ihr mit dem kleinen Finger eine Haarsträhne aus dem Gesicht und spürte, wie sich mein Herz erwärmte. Isabella fühlte sich immer so richtig an. Es war egal, was wir taten, wer wir waren, sie war immer die Richtige.

Nachdem sie ihre Hand auf meine gelegt hatte, lächelte sie. „Egal, was passiert, du musst mich das mit Roman regeln lassen. Ich werde mit ihm klarkommen. Du musst mich nur eine Zeit lang beschützen. Versprich es mir, Kylo. Du musst es versprechen."

„Ich verspreche es", flüsterte ich, legte meine Hände auf ihre Hüften und zog sie näher zu mir, so wie ich es vom ersten Tag an hätte tun sollen, als ich sie sah. „Ich würde alles für dich tun, Prinzessin. *Alles.*"

Als sie einen Blick über die Schulter zu Roman im Haupthaus warf, knabberte sie an der Innenseite ihrer Lippe. „Roman lässt mich nicht aus den Augen, aber … vielleicht kann ich ihm für die Nacht entwischen, wenn ich ihm sage, dass ich Pflichten bei den Lykanern habe. Nur … ich bin mir nicht sicher."

„Sag Roman, dass dies der einzige Weg ist, die Mondgöttin zu finden. Dass du dich auch mir, deinem göttlichen Partner, verpflichtet hast. Du musst das für die gesamte Spezies der Werwölfe tun, nicht nur für ihn. Wir sind alle auf dich angewiesen."

Zögernd nickte sie. Ich konnte förmlich spüren, wie die Nervosität in ihr hochkroch. „Okay ..."

„Und dann kommst du zu mir ins Rudelhaus. Du kannst so lange bei mir zu Hause bleiben, wie du willst."

Isabella lächelte mich an, schlang ihre Arme um meine Schultern und zog mich in eine Umarmung. „Ich danke dir, Kylo. Ich verdanke dir so viel", flüsterte sie mir ins Ohr. „Und ich werde mich revanchieren, wenn das alles vorbei ist. Du wirst nicht mehr lange auf mich warten müssen."

Einen Moment lang dachte ich, Isabella hätte durch ihre perlweißen Eckzähne gelogen. Dachte, sie hätte Dolus' Methoden der Täuschung und des Lügens selbst gemeistert, als ich es roch.

Zwei Gerüche.

Beide kamen aus Isabellas Bauch.

28

roman

„ICH LASSE DICH NICHT GEHEN."

Isabella legte eine Hand auf meine Brust, so wie wir es geprobt hatten. „Roman, bitte."

Wir standen vor Kylo, meine Hand hielt ihr Handgelenk fest umklammert und mein Herz klopfte in meiner Brust. Wenn wir diesen Auftritt für Kylo glaubhaft genug machen wollten, musste ich mich wie das besitzergreifende Arschloch verhalten, das ich war.

„Du brauchst nicht zu gehen. Du schuftest dich zu Tode. Lass jemand anderen das machen."

„Nein!", rief Isabella und riss sich von mir los. „Ich werde meine Lykaner nicht alles alleine machen lassen. Als ich dieses Rudel übernommen habe, habe ich ihnen meine Zeit versprochen. Ich liebe dich, aber ich versuche, unsere Spezies und die Welt zu retten."

Ich machte einen herrischen Schritt auf sie zu und knurrte. Kylo stellte sich zwischen uns, legte seine Hand auf meine Brust und schob mich weg.

„Fass sie nicht nochmal an", sagte Kylo, wobei die Eckzähne unter seinen Lippen hervortraten. „Sie kann ihre eigenen Entscheidungen treffen."

Anstatt mich von ihm beruhigen zu lassen – denn das würde ich nie zulassen, selbst wenn ich nicht schauspielern würde – stieß ich ihn zurück und gegen Isabella, wobei ich mich verfluchte, als sie aufschrie. Sie klammerte sich an seinen Arm, schnappte nach Luft und stolperte zurück.

Kylo drückte mich fester gegen die Hauswand, packte meinen Kragen und hielt mich fest. „Reiß dich verdammt noch mal zusammen, bevor ich etwas tue, Roman. Deine Chancen gegen mich sind verdammt gering."

Ich schob Kylo von mir weg, strich mein Hemd glatt und sah Isabella an. „Du kommst besser sofort zum Haupthaus zurück, wenn du fertig bist oder ich lasse unser ganzes Rudel nach dir suchen. Hast du verstanden?"

Isabella, die sonst so eigensinnig war, legte eine Hand auf ihren Bauch. „Ich komme wieder, Roman. Und jetzt geh bitte und lass mich meine Arbeit machen."

Ich warf Kylo einen letzten bösen Blick zu und ging mit Raj zurück in das Haupthaus der Lykaner. Meine Hände waren zu Fäusten geballt und mein Wolf brannte darauf, die Kontrolle zu übernehmen und dieses Tier hier und jetzt zu töten. Ich wusste nicht, ob ich noch länger würde warten können.

Es sollte alles eine große, fette Lüge sein, ein abgekartetes Spiel, um Kylo abzulenken, aber als wir heute aufgewacht waren, hatte Isabella anders gerochen. Es war nicht nur ihr üblicher Holzgeruch, sondern auch ein Hauch von etwas – oder jemand – anderem. Und mir gefiel der Gedanke nicht, dass Isabella die ganze Nacht mit Kylo zusammen war, wenn sie wirklich schwanger sein sollte.

„Isabella hat es dir wahrscheinlich noch nicht gesagt, aber wir haben einige Hinweise darauf gefunden, wo Derek sein könnte", sagte Raj, reichte mir eine Akte und schaute über meine Schulter zu Kylo und Isabella draußen. Er starrte sie ein paar Augenblicke lang an, verkrampfte sich und warf mir einen kurzen Blick zu, der mir sagte, dass auch er ihm nicht traute. „Wir wollen in fünfzehn

Minuten los. Sieh dir die Mappe an und versammle dann deine Krieger."

Bevor er gehen konnte, packte ich ihn an der Schulter und zog ihn zurück. „Meinst du, sie ist bei ihm sicher? Sag mir, was du wirklich über Kylo denkst und wie er in all das hier hineinpasst. Ich muss wissen, dass wir nicht die Einzigen sind, die denken, dass er ein wenig schräg ist."

Raj schnitt eine Grimasse und atmete aus. „Alles mit ihm hat ein bisschen zu gut gepasst."

Zu gut gepasst.

So würde ich es auch nennen.

Gerade als Dolus gefunden werden musste und die Verderbnis begann, war Kylo wieder in meinem Leben aufgetaucht, mit dem Bedürfnis, mir meine Partnerin wegzunehmen. Und … die Mondgöttin … wie hatte sie die beiden überhaupt zusammenbringen können? Wer wusste, ob sie es getan oder ob Dolus sie dazu gezwungen hatte?

Ich vertraute Kylo nicht im Geringsten.

Draußen vor dem Haus legte Kylo seine Hand auf Isabellas Rücken und führte sie die Treppe hinunter. Ich starrte den beiden mit zusammengebissenen Zähnen durch das Fenster hinterher.

„Eines Tages werde ich ihn umbringen", knurrte ich leise vor mich hin.

„Nicht, wenn Isabella ihn zuerst tötet."

Raj lachte, aber ich fand daran gar nichts lustig. Kylo hatte immer noch die verdammte Blume, die sie im Handumdrehen töten konnte. Und wenn er wirklich übernatürliche Kräfte hatte, war er uns vielleicht schon auf der Spur.

„Mach dir keine Sorgen um Isabella", sagte Raj zu mir und nickte in Richtung des Waldes. „Wir müssen Derek finden. Er ist irgendwo in diesen Wäldern und ich werde nicht allein in diese unterirdischen Gefängniszellen gehen."

Nachdem ich einen letzten Blick in die Richtung geworfen hatte, in die Isabella verschwunden war, heulte ich leise zu mir selbst und folgte Raj und ein paar anderen Lykanern zu Scarletts altem Haus, wo sie vor ein paar Tagen das unterirdische Gefängnis entdeckt hatten. Wir würden Derek finden und Isabella würde herausfinden, was zum Teufel mit Kylo los war.

Ich vertraute ihr, dass sie das tat.

Aber es war nicht nur Isabella, die mich beunruhigte. Etwas Dunkles und Wildes wuchs in meinem Körper heran, etwas, das ich vorher nicht so recht gefühlt oder verstanden hatte. Und ich wusste, wenn Kylo Isabella auch nur einen Kratzer zufügte, würde ich ihm die Kehle herausreißen. Die Kraft wuchs von Tag zu Tag, mein Wolf war nervös und mein Körper strotzte vor Energie.

Es war nur eine Frage der Zeit, ehe die Bombe platzen würde.

29
isabella

ZWEI STUNDEN später saßen Kylo und ich in einem Restaurant in seinem Rudel. Ich hatte keinen Schritt auf ihn zu gemacht, hatte mich nicht getraut, ihm näher zu kommen. Bei den früheren Begegnungen mit Kylo hatte meine Wölfin es mir leicht gemacht, mit ihm zu flirten. Sie wollte ihn - immer. Aber jetzt konnte ich sie kaum noch an der Oberfläche spüren. Seit wir Roman verlassen hatten, war sie so distanziert, als ob etwas nicht stimmen würde.

Aber verdammt, selbst ich konnte es bei ihr nicht mehr sagen. Meine Wölfin hatte manchmal die rasenden Gefühle einer Göttin, konnte sie aber manchmal aber auch zu gut verbergen.

Mit gegenüber nippte Kylo an einem Glas Rotwein und sah mich an. Überraschenderweise ruhiger, als ich es erwartet hatte, bei der Nachricht, dass ich *angeblich* Romans Baby in mir trug. Ich dachte, wenn er Dolus wäre, würde er zumindest die Lüge bemerken, denn Täuschung *war* Dolus' Stärke.

Aber vielleicht überspielte er es nur gut.

Die Türen des Restaurants öffneten sich und Oliver und Naomi betraten den Raum mit Roger, Kylos Beta.

Kylo sah zu ihnen hinüber und beugte sich vor. „Hast du sie beauftragt, hierher zu kommen?"

„Nein", log ich und runzelte die Stirn beim Anblick der beiden, die ich definitiv hier herbestellt hatte. „Ich habe sie losgeschickt, um mit den anderen Informationen in Scarletts Rudel zu sammeln. Roger war heute in dieser Richtung unterwegs, oder?"

Kylo nickte und nippte erneut an seinem Wein. „Ja."

„Vielleicht haben sie sich dort getroffen."

„Vielleicht."

Da ich den Blickkontakt mit Kylo nicht aufrechterhalten wollte, starrte ich Roger, Naomi und Oliver etwas länger an und lächelte. „Was auch immer sie vorhaben, Roger scheint es zu interessieren." Ich schaute zu Kylo hinüber, in der Hoffnung, die Stimmung aufzulockern und zwinkerte ihm zu. „Zwei stramme Männer nehmen Naomi mit ins Bett. Nach wem klingt das denn?"

Zum ersten Mal heute Abend lächelte Kylo und seine Schultern entspannten sich. „Wer weiß ..."

„Klingt spaßig." Ich strahlte ihn an und neigte mich leicht zu ihm. „Ich weiß, dass ich mit dir und Roman Spaß hatte, als wir noch gut miteinander auskamen."

Nachdem ich in ein angenehmes Schweigen verfallen war, trank ich einen Schluck Wasser und schnitt mein Steak an.

„Wie weit bist du?", fragte Kylo, der mich mit seinen intensiven braunen Augen ansah.

Ich knabberte an der Innenseite meiner Wange. „Ich bin mir noch nicht sicher. Ich habe in ein paar Tagen einen Termin beim Arzt."

Er schenkte mir ein halbes Lächeln, rückte näher und hielt mir seine Hand hin, damit ich meine hineinlegte. Was ich auch tat, um ihm zu gefallen. Er verschränkte unsere Finger und zog meine Hand zu seinen Lippen, küsste sie sanft und atmete dann meinen Duft ein.

„Du musst mindestens ein paar Wochen weit sein. Werwolfswelpen wachsen schneller, aber du riechst wie ich."

Meine Augen weiteten sich. „Ich rieche wie du?"

„Dein Welpe." Kylo hielt inne. „Ist er wirklich von Roman oder ist er von mir?"

Mein Mund wurde trocken und ich wollte sprechen, aber es

kamen keine Worte heraus. Diese ganze Sache mit der Schwangerschaft war nur vorgetäuscht, ein Schauspiel. Ich war sicher nicht ... ich war sicher nicht wirklich schwanger. Vielleicht tat er das nur, um zu sehen, wie ich reagierte, um zu sehen, ob ich stocken würde.

Also schluckte ich und setzte das strahlendste Lächeln auf, das ich parat hatte. „Ich habe angenommen, dass es von Roman ist, weil wir öfter zusammen waren als du und ich. Wir ...“ Meine Wangen erröteten, als ich an das letzte Mal zurückdachte, als Kylo und ich zusammen gewesen waren. „Wir waren seit mindestens ein paar Wochen nicht mehr zusammen.“

„Es könnte also mein Welpe sein“, stellte Kylo fest.

Mein Magen zog sich zu einem Knoten zusammen, ein ungutes Gefühl machte sich in mir breit. Scheiße, das konnte doch nicht wahr sein. Ich konnte nicht wirklich schwanger sein. Roman hätte doch etwas zu mir gesagt, oder? Er ... er hätte mich nicht mit Kylo gehen lassen, wenn sein Welpe in mir wäre.

Aber der Blick in seinen Augen vorhin hatte mir gesagt, dass sein eifersüchtiges und besitzergreifendes Verhalten nicht nur gespielt war. Es steckte etwas Wahrheit dahinter, und, Göttin, ich hoffte, dass ich nicht wirklich schwanger war, dass Kylo sich das nur einbildete.

Ich schaute zu Oliver, Naomi und Roger an der Bar und hatte den Drang zu kotzen. Wenn ich schwanger wäre, würde mir hier und jetzt verdammt noch mal schlecht werden. Auf keinen Fall, aber ... ich hatte mich noch nie richtig geschützt, vorallem nicht bei Roman. Wir haben es fast jede Nacht getrieben.

„Geh zur Toilette“, sagte ich zu Oliver durch unsere Gedankenverbindung.

Oliver verkrampfte sich und ein paar Augenblicke später stand er auf. Als ich ihn die Herrentoilette betreten sah, rappelte ich mich auf und sagte Kylo, dass ich eine Pinkelpause brauchte – eine schwangere Frau musste doch ständig pinkeln, oder? Oder war das nur ein Mythos? Göttin, ich hatte nicht die geringste Ahnung, wie es war, schwanger zu sein.

Als ich durch die Toilettentür schlüpfte, fand ich Oliver am Waschbecken, wo er sich die Hände wusch.

Er starrte mich durch den Spiegel an, die Brauen zusammengezogen. „Was ist los?", fragte er.

Ich warf einen Blick in jede Kabine, um mich zu vergewissern, dass niemand drin war. Ich konnte nicht zulassen, dass diese Information auf irgendeine verdammte Weise an Kylo weitergegeben wurde. Wenn ich wirklich schwanger war, und zwar von ihm … würde er Roman ohne zu zögern umbringen.

„Ich könnte schwanger sein", flüsterte ich und knabberte an der Innenseite meiner Wange. „Ich möchte, dass du … es überprüfst. Rieche an meinem Bauch und sag mir, ob du einen anderen Geruch wahrnimmst."

Oliver schluckte schwer. „Isabella, wir befinden uns mitten im Krieg."

„Ich weiß, Oliver", sagte ich, und mein Herz sank. „Ich weiß."

Nach kurzem Zögern kniete Oliver sich vor mich hin, hielt seine Nase an meinen Bauch, atmete tief ein und spannte sich dann an. „Neben deinem Duft kommen noch zwei andere Gerüche aus deinem Bauch".

„Zwei?", flüsterte ich. „Es sind zwei? Was zum Teufel?"

„Der eine ist von Roman und der andere …", er schluckte, „der andere ist von Kylo."

30
roman

„ROMAN!", flüsterte Raj und lugte hinter einem Baum hervor.

Wir standen auf dem Dach des Gefängnisses, das Raj unter der Erde gefunden hatte.

„Folgt mir. Die Lykaner werden gleich nachkommen und die Umgebung sichern."

Nachdem Isabella vorhin mit Kylo weggegangen war, musste ich mich zwingen, ihnen nicht hinterherzulaufen. Göttin, ich wollte, dass Isabella in Sicherheit blieb. Und wenn sie schwanger war, wollte ich auch, dass unser Baby in Sicherheit war. Aber so beschissen es sich auch anfühlte, wir mussten die Spezies der Werwölfe schützen und stellten das über alles andere.

Eines Tages würde Isabella meinen Welpen tragen. Und eines Tages würden wir ein richtiges Leben zusammen beginnen, ohne Kylo oder irgendjemand anderen darin. Wir würden endlich frei von Dramen und ... glücklich sein – etwas, das wir schon verdammt lange nicht mehr waren.

Nachdem Raj sich ein paar Mal umgesehen hatte, ging er zügig von den Bäumen zur Gefängnisluke. Als er sie öffnete, sprintete ich zu ihm, in der Hoffnung, Derek zu finden. Sein Geruch lag hier noch stark in der Luft. Gemeinsam schlüpften wir in den Raum. Raj zündete eine Fackel an.

Ich schaute mich in dem Gefängnis um, das fast genauso aufgebaut war wie das von Kylo. Als Kylo Isabella und mich neulich durch sein Versteck geführt hatte, um mit ein paar Gefangenen fertig zu werden, hatte ich mir den Grundriss eingeprägt und ihn für immer in mein Gedächtnis eingebrannt. Sollten wir jemals von dort fliehen müssen, wusste ich bereits alles, was ich wissen musste.

„Woher kommt sein Geruch?", fragte ich und schnupperte.

Ich folgte Raj und wir gingen in ein Hinterzimmer. Raj trat einen Teppich beiseite, um eine weitere Luke zu finden, die noch weiter nach unten in den Boden und warscheinlich in das Gefängnis führte. Er öffnete sie und blickte hinunter in die Dunkelheit und warf dann die Taschenlampe in die Luke, um zu sehen, wie weit sie fallen würde.

Sie landete etwa zweieinhalb Meter tiefer – ein leichter Sprung für einen Wolf.

Nachdem er mich angesehen hatte, holte Raj tief Luft und sprang in das Loch hinunter. Er nahm die Taschenlampe in die Hand und ließ sie durch den Raum schweifen, um besser sehen zu können. Als alles gesichert war, nickte er zu mir hoch. „Komm schon. Wir haben nicht viel Zeit."

Also sprang ich zu ihm in das Loch und zuckte zusammen, als mich der markante Geruch von Silber traf. Dieses Silber roch so verdammt stark, dass der Ort nicht für einen normalen Wolf geschaffen oder benutzt worden sein konnte, vielleicht für einen Lykaner oder einen göttlichen Wolf oder ... eine Göttin.

Mir drehte sich der Magen um, aber ich folgte Raj durch die Kammern. Die meisten Zellen waren von den anderen abgeschottet, fast so wie die Einzelhaftzellen in den Gefängnissen der Menschen. Trotzdem mussten wir Derek finden, denn sein Geruch wurde von Minute zu Minute intensiver.

Nachdem wir fast alle Zellen abgelaufen waren, kamen wir zur Letzten. Raj stieß die Tür mit dem Absatz auf, sie fiel aus den Angeln, aber das Silber brannte sich durch seinen Schuh. Derek saß in der Zelle, sein Körper war mit silbernen Ketten gefesselt und seine Lippe aufgeplatzt.

Ich rannte zu ihm, ignorierte den Schmerz, der durch meinen Körper schoss, als ich das Silber berührte, und löste schnell seine Ketten. Sein Fleisch war bis auf die Knochen geschmolzen, seine Augen beide zugeschwollen.

„Nein, bitte! Tu mir nicht wieder weh! Bitte, tu mir nicht weh!"

„Derek, ich bin es", sagte ich in der Hoffnung, ihn zu beruhigen. „Ich bin es, Roman."

Derek spannte sich an und schnupperte dann. „Roman", flüsterte er, „Roman ..."

Als ich ihm die Handschellen abgenommen hatte, warf ich ihn mir über die Schulter, denn er sah nicht so aus, als könnte er aufrecht stehen, geschweige denn gehen.

Raj stand an der Tür, sah in den gegenüberliegenden Gang und runzelte die Stirn. „Weiter unten gibt es einen versteckten Durchgang. Wir sollten ihn uns ansehen."

„Nein!", rief Derek, „Nein! Wir müssen gehen. Sie wird bald zurück sein. Sie wird uns alle hier gefangen halten. Wir können niemals zurückkommen. Niemals, Roman. Bring mich nach Hause zu Isabella und unserem Rudel. Wenn ich noch länger hierbleibe, könnte ich sterben, wegen ..."

Eine Tür öffnete sich knarrend dort, wo wir hergekommen waren. Ich verkrampfte mich. Derek verstummte. Raj schluckte schwer. Ich konnte hören, wie sein Herz in seiner Brust pochte.

„Es sind nur ein paar Lykaner", flüsterte er.

Doch plötzlich erlosch die Fackel.

Scheiße. Scheiße. Scheiße.

Einen Moment später wurde Derek aus meinem Griff gerissen. In letzter Sekunde griff ich nach seinem Handgelenk und zog ihn zurück, aber die Kraft war zu stark. Ich wurde mit ihm gerissen, meine Füße schliffen über den Boden.

„Raj!", rief ich, „Hilf mir, verdammt!"

Aber ... ich konnte nicht einmal Rajs Atmen, sein Herzklopfen oder seine Schritte hören. Und ich hoffte bei der Göttin, dass er noch nicht getötet worden war. Denn ich glaubte nicht, dass ich hier allein herauskommen würde.

Wer auch immer das war, zog uns immer weiter zurück in die Zelle und knipste dann ein Licht an.

In der Mitte des Raumes stand eine übelriechende, weißhaarige Göttin.

Sie ähnelte der Mondgöttin.

Doch es war nicht die Mondgöttin. Da war ich mir sicher.

31
roman

WIR WAREN ERLEDIGT.

Wir waren verdammt noch mal am Arsch.

Ich entblößte meine Eckzähne vor der Göttin, die definitiv nicht die Mondgöttin war, und knurrte, wobei meine Eckzähne sich in ihre Haut bohren und sie innerhalb eines Augenblicks töten wollten. Aber ich hatte Dringenderes zu tun, nämlich Derek so schnell wie möglich aus der Situation zu befreien und herauszufinden, wo zum Teufel Raj war.

Ich schlang meine Arme um Dereks Taille und zerrte mit aller Kraft an ihm, wobei sich meine Absätze so fest in den Beton gruben, dass meine Fußsohlen von der Verbrennung aufplatzten. Die Göttin zog stärker und ich fluchte laut, während der Schmerz von meinen Fersen hochschoss.

„Was zum Teufel bist du?", fragte ich durch zusammengebissene Zähne.

„Deine Göttin, Roman", sagte sie mit dröhnender Stimme im Raum, „Gehorche mir!"

Und obwohl ich den Drang hatte, ihr zu gehorchen, beugte sich ein Alpha nicht vor irgendjemandem. Also stand ich auf, nahm all meine wachsende Energie zusammen und riss Derek aus ihren Armen. Durch all die Kraft, die ich aufbrachte, glitt Derek aus meinen Armen und schlug stöhnend gegen die silberbeschichtete Wand hinter mir.

„Du bist keine Mondgöttin", knurrte ich und verwandelte mich sofort in meinen Wolf, um Derek um jeden Preis zu beschützen, selbst wenn das den Verlust meines Lebens bedeutete. Ich würde alles für mein verdammtes Rudel tun und dazu gehörte auch, eine falsche Göttin zur Strecke zu bringen.

Als die Frau sich auf mich stürzte, sprang ich in ihre Richtung, versenkte meine Zähne in ihrem Unterleib und schlitzte sie auf. Obwohl ein Wolf wie ich nicht die Kraft haben sollte, jemanden wie sie zu besiegen, fuhr ich fort, meine Zähne in ihr Fleisch zu schlagen und warf sie quer durch den Raum, immer und immer wieder.

Raj sprintete plötzlich mit zerfetztem Hemd und blutverschmierter Brust zurück in den Raum. In seinen Händen hielt er die silbernen Ketten, in denen Derek gefangen gewesen war. Ich wusste nicht, was mit ihm passiert war, aber ich hatte auch keine Zeit, ihn zu fragen. Raj hielt sich kurz am Türrahmen fest, eilte auf mich zu und packte mich an den Hüften. „Roman, lass sie los!"

Aber ich konnte nicht aufhören. Irgendetwas hatte mich ergriffen, eine innere Kraft, die ich nicht abschütteln konnte.

„Roman!"

Knurrend ließ ich ihr Blut über meine Schnauze tropfen. Aber ihre Wunden heilten schnell.

„Roman!", knurrte Raj und griff mit den Händen in mein Fell. Er zerrte so fest er konnte, genau wie ich es bei Derek getan hatte; der einzige Unterschied war, dass er mich nicht wegziehen konnte. Alles, was ich fühlte, war Wut und Kraft, die mich durchströmten. „Lass sie los! Wir müssen sie am Leben lassen! Sie hat Informationen!"

„Sie verdient es nicht, zu leben", ertappte ich mich dabei, wie ich es selbst in meiner Wolfsgestalt sagte – etwas, das ich nicht einmal für möglich gehalten hatte. Sollte es auch nicht, jedenfalls nicht für einen gewöhnlichen Wolf.

„Denk an Isabella", rief Raj. „Deine Partnerin zählt auf dich."

Langsam – sehr langsam – kam ich in die Realität zurück und ließ die Frau aus meinem Biss fallen. Sobald ihr jämmerlicher Körper auf dem Boden aufschlug, stieß Raj mich von ihr weg, packte die silbernen Ketten und wickelte sie um jedes ihrer Glieder, sogar um ihren Hals.

Sie kreischte, ihr Körper strampelte hin und her und zerrte an den Ketten. Die ließen ihr Fleisch nicht wie bei einem Wolf schmelzen, sondern verwandelten ihren Körper in den einer zerbrechlichen, alten Frau mit faltiger Haut, gekrümmter Wirbelsäule und im Kopf versunkenen Augen.

„Was zum Teufel?", flüsterte ich und mein Herz klopfte gegen meinen Brustkorb.

„Sie verwandelt sich in ihre wahre Gestalt", sagte Raj mit gerunzelten Brauen. „Das muss sie sein."

„Lass mich los!", schrie die Frau, „Sofort!"

„Sag uns, wer du bist, und wir befreien dich von den Ketten", sagte ich.

„Roman", schimpfte Raj und kniff die Augen zusammen.

„Lasst mich los!"

„Wer bist du?"

„Apaete", sagte die Frau.

Das Blut wich aus Rajs Gesicht und er schluckte. „Du bist die Göttin der Täuschung und Dolus' Schwester, nicht wahr?"

Plötzlich hielt sie inne und grinste ihn boshaft an. „Ja, und ich werde dir alles erzählen, was du über ihn wissen musst, sogar wie man ein wertloses Stück Scheiße wie ihn besiegt, sobald du mich aus diesen schrecklichen Ketten befreist."

32
isabella

„DAS MACHT KEINEN SINN", sagte ich atemlos zu Oliver, während ich in der Herrentoilette herumlief und mir fast in die Hose machte. „Was soll der Scheiß? Roman und ich haben vor ein paar Wochen eine Nacht mit Kylo verbracht, aber er ist nie in mir gekommen. Wie kann das sein?"

Oliver lehnte sich gegen die Arbeitsplatte, verschränkte die Arme und zuckte die Achseln. „Lusttropfen?"

Ich ging in die Hocke, den Kopf in den Händen, mir drohten die Tränen zu kommen. „Scheiße. Scheiße. Scheiße. Scheiße. Verdammt. Was zum Teufel sollen wir tun? Was zum Teufel soll *ich* tun? Wenn ich Zwillinge bekomme und Kylo ist der Vater und … du weißt schon wer …" Eine Träne rann mir über die Wange. „Wir sind am Arsch."

Oliver kniete sich vor mich, packte mein Kinn und starrte mich eindringlich an. „Hör auf zu weinen. Du bist stärker als das und du bist stärker als er. Wenn er der ist, für den wir ihn halten, dann wirst du tun, was du tun musst, um unsere Wölfe zu schützen. Du bist die Anführerin der Lykaner, vor allem anderen."

„Die Anführerin der Lykaner", flüsterte ich und wischte mir die Tränen weg.

Dieser Titel bedeutete, dass ich alle anderen über mich stellen musste, dass die Rettung der Werwolf-Spezies für mich wichtiger sein musste, als eine Luna zu sein, einen Partner zu haben und Welpen zu gebären. Denn wenn Dolus die Welt übernehmen würde, wäre ich keine Luna mehr, hätte keinen Partner mehr und würde niemals Welpen bekommen.

„Du hast recht", sagte ich und zog die Schultern zurück. „So sehr ich es auch hasse, das zu sagen."

Ich hasste den Gedanken, endlich Welpen mit Roman zu haben, nur um dann festzustellen, dass wenn es um die Rettung der Welt oder meine Welpen ging, ich mich für die Welt entscheiden müsste. Mein Herz schmerzte und ich wusste, dass die Mondgöttin enttäuscht sein würde. Aber das war um ihretwillen.

Meine Aufgabe war es, Antworten über den Bunker unter Kylos Gefängnis zu finden.

Als ich mit klaren Gedanken an den Tisch zurückkehrte, war Kylo nicht mehr da.

Stattdessen stand der Kellner neben seinem leeren Platz und schenkte mir ein weiteres Glas Wasser ein. „Alpha Kylo musste kurz weg. Einer der Gefangenen hat sich danebenbenommen. Er sollte in zehn Minuten zurück sein. Ich soll ausrichten, dass er sich für seine plötzliche Abreise entschuldigt."

„Er ist in seinem Gefängnis?", fragte ich mit zusammengezogenen Augenbrauen.

Der Kellner nickte und ich schnappte mir alle meine Sachen, bevor ich aus dem Restaurant in Richtung seines Gefängnisses rannte. Ich musste dort ankommen, bevor er wieder herauskam und ohne, dass er mich bemerkte. Das war vielleicht die einzige Möglichkeit, hineinzukommen, ohne dass er meine Gründe infrage stellte. Ich hatte Fragen, auf die ich dringend Antworten brauchte, von denen ich wusste, dass sie mir niemand geben würde, selbst wenn ich nett fragte.

Also näherte ich mich der Tür und lächelte die Wachen freundlich an. „Ist Kylo da unten?"

Ein Wachmann nickte.

„Ich muss dringend mit ihm sprechen", sagte ich und hoffte, dass sie mich hereinlassen würden.

„Er wird in ein paar Augenblicken draußen sein."

„Verweigert ihr der Frau, die seinen Welpen trägt, den Zugang?", fragte ich und meine Geduld ließ nach. Vielleicht könnte ich das sogar zu meinem Vorteil nutzen, sosehr ich den Gedanken hasste, meine Welpen zur Rettung der Welt einzusetzen.

„Du bist schwanger?", fragte einer.

Ich legte eine Hand aufmeinen Bauch. „Wenn du dich selbst überzeugen willst, kannst du ihn riechen."

Die Wachen warfen sich einen Blick zu und öffneten dann die Tür. Ich eilte hinunter in das Gefängnis und in den Raum, wo ich beim letzten Mal die unterirdische Luke gefunden hatte. Anstatt hinabzusteigen, wartete ich hinter der Tür darauf, dass Kylo durch das Gefängnis schlurfte und einen ungehorsamen Wolf anknurrte.

Als er weit genug von mir entfernt war, zog ich den Teppich beiseite, öffnete die Luke und starrte hinunter in die Dunkelheit. Mist. Ich wusste nicht, ob ich das tun wollte. Es wäre verdammt gefährlich, wenn er mich erwischen würde, aber ich wusste, dass ich nicht mehr viel Zeit hatte.

Nachdem ich in das Loch gesprungen war, fluchte ich über den Gestank von Silber, der mich umgab. Ich betete zur Göttin, dass Kylo mich nicht finden würde, passte meinen Blick der Dunkelheit um mich herum an und ging vorsichtig durch die silbernen Kammern.

Verdammt, hier musste so viel Silber drin sein. Es konnte nicht für normale Wölfe gedacht sein.

Mein Magen verdrehte sich, aber ich ging weiter den Korridor entlang und suchte in jeder engen Kammer mit Silber nach Hinweisen darauf, wo Derek und die Mondgöttin sein könnten, aber ich fand nichts. Völlig leer.

Am Ende des Ganges blieb ich vor einer geschlossenen Kammertür stehen, holte tief Luft und hörte das Schlurfen von Schuhen auf dem Gefängnisboden über mir. Mir stockte der Atem, Schmerzen schossen durch meinen Körper.

Wenn die Göttin hier drin wäre, wüsste ich nicht, was ich tun würde.

Ich würde mich so verdammt verraten fühlen – so verraten.

Kylo hatte mir schon so oft sein Herz ausgeschüttet. Wenn sie hier war, dann war Kylo Dolus.

Und, verdammt, ich wusste nicht, ob ich schon bereit war, mich dieser Tatsache zu stellen.

Nachdem ich meine Ängste verdrängt hatte, berührte ich mit der Hand den silbernen Türknauf, wobei mein Fleisch schmolz, und versuchte, ihn aufzudrücken. Verschlossen. Dann trat ich zurück, bereit, die Tür einzutreten, und rammte den Fuß gegen die silberne Türklinke, wobei sich das Metall durch die Unterseite meines Schuhs brannte.

Die Tür knallte auf, die Scharniere lösten sich aus dem Rahmen, ich betrat die Kammer und sah mich den goldenen Augen einer Wölfin gegenüber. Und nicht irgendeiner Wölfin …

Es war Scarlett, in Silber gefesselt und mit verlängerten Eckzähnen.

33

isabella

SCARLETT KNURRTE und fletschte ihre stumpfen kleinen Eckzähne. Ich starrte sie einige Augenblicke lang verwirrt an, weil ich nicht wusste, was sie hier in diesen Räumen in Wolfsgestalt zu suchen hatte. Sicher, sie war eine absolute Schlampe, aber einen normalen Wolf hier unten einzusperren war …

Beschissen.

Ich hasste diese Schlampe, aber die Dinge passten einfach nicht zusammen.

Und warum hatte Kylo mir nicht gesagt, dass er die eine Frau gefangen hatte, die versucht hatte, mir Roman wegzunehmen? Ich war mir sicher gewesen, dass Kylo mir gesagt hätte, was mit ihr los war und wo sie sich befand, wenn er sie gefangen hätte. Wir waren schon verdammt lange auf der Suche nach ihr und sie hatte einfach in Kylos unterirdischem Gefängnis herumgehangen.

„Kannst du dich wieder in einen Menschen zurückverwandeln?", fragte ich sie.

Sie starrte mich ein paar Augenblicke lang an, blinzelte, dann beruhigte sie sich plötzlich und schüttelte ihre Schnauze hin und her. Der Ausdruck in ihrem Gesicht war pure Qual. Das Silber hatte sich in ihr Fell gebrannt und tiefe rote Flecken hinterlassen, von denen ich wusste, dass sie nie wieder verschwinden würden.

„Kannst du meine Fragen beantworten?", fragte ich und kniete mich auf ihre Höhe hinunter.

Ich wusste nicht, ob das eine gute Idee war, aber es war meine einzige Hoffnung. Ich hatte mein Leben riskiert, um hier runterzukommen. Und ich brauchte so viele Antworten, wie ich kriegen konnte, denn ..., wenn Kylo mich hier unten fand, war ich vielleicht am Arsch.

Scarlett nickte.

„Hat Kylo dich hier reingesteckt?", fragte ich.

Sie nickte.

„Wie lange ist das her?"

Sie klopfte zehnmal mit der Pfote auf den Boden.

„Zehn Tage?"

Sie schüttelte den Kopf.

Nein.

„Zehn Stunden?"

Sie schüttelte erneut den Kopf.

Nein.

„Zehn Minuten."

Scarlett nickte.

„Vor zehn Minuten?", fragte ich mehr mich selbst als sie. „Warst du vorher schon oben?"

Ein weiteres Nicken.

Ich fuhr mir mit der Hand durchs Haar und ging im Raum auf und ab, mein Magen war vollkommen verkrampft. Was zum Teufel war hier los? Warum hatten Roman und ich Scarlett nicht schon früher hier gesehen? Und wo zum Teufel war sie vorher gewesen?

„Wo warst du?"

Scarlett zeigte mit ihrer Schnauze zur Tür und dann leicht nach links. Ich wich ein paar Schritte zurück und schaute nach links aus der Tür, gegenüber der Stelle, von der ich gekommen war. Dort schien es nichts ... Moment mal. Es sah so aus, als gäbe es eine Art unterirdischen Tunnel. Etwas, das tiefer in diesem Gefängnis liegt.

Vielleicht war das hier mit dem verbunden, das Raj gefunden hatte.

Das bedeutete ... etwas Schlimmeres.

„Hast du hier noch jemanden gesehen?", fragte ich sie.

Scarlett nickte und fuhr mit ihrer Pfote über den Boden, um einen Kreis auf den Betonboden zu zeichnen. Ich runzelte die Stirn und versuchte, alles zu verstehen. Schrieb sie den Namen von jemandem auf den Beton, um mir etwas anderes zu sagen?

„Wen?", fragte ich erneut.

Sie zog mit ihrer Pfote noch einmal einen Kreis.

Ich blinzelte ein paar Mal, frustriert darüber, dass ich scheinbar nicht klar denken konnte. Meine Gedanken sprangen zwischen den Welpen in meinem Bauch, Kylos Geruch in mir, Kylo direkt über mir und ... und Scarlett, die vor mir stand und tatsächlich mit mir sprach, hin und her.

„Was machst du hier unten?", fragte jemand hinter mir.

Überrascht schrie ich auf, sprang hoch und schlug mir eine Hand vor die Brust. Kylo stand da, sein großer Körper blockierte die Tür, sodass ich nicht vorbeikonnte. Ich schluckte schwer und ging weiter in den Raum zurück, bis ich an Scarletts Seite stand.

Aus irgendeinem Grund vertraute ich ihr mehr als ihm.

„Warum habt ihr ein unterirdisches Gefängnis?", flüsterte ich und legte die Hand auf meinen Bauch.

Scarlett bemerkte es, roch an meinem Bauch und weitete die Augen. Nicht vor Wut, wie sie es getan hätte, wenn sie mich immer noch hassen würde, sondern vor Angst. Sie hatte auch Kylos Geruch in mir gerochen. Und anstatt mir den Welpen aus dem Bauch zu beißen, stellte sie sich vor mich und knurrte Kylo an, obwohl ihr Körper immer noch in Ketten lag.

Kylo knurrte zurück, ging auf mich zu und hielt mir eine Hand hin. „Du solltest nicht hier sein, nicht mit Scarlett. Sie wird dich umbringen."

Scarlett knurrte erneut und fletschte die Zähne in Kylos Richtung, als wolle sie ihm sagen, er solle keinen Schritt näherkommen.

„Warum hast du ein unterirdisches Gefängnis?", fragte ich erneut mit klopfendem Herzen.

„Um Wölfe wie sie einzusperren." Er trat näher heran. „Jetzt komm schon."

Als Kylo meine Hand berührte, schnappte Scarlett mit ihren Eckzähnen nach Kylo. Kylo packte sie an der Schnauze und drückte sie zu, bis es knackte. Ich zitterte, aber Scarlett hörte nicht auf, ihren Körper zwischen Kylo und mich zu schieben. Sie warf einen Blick zurück zu mir und dann zu der nun freien Tür.

Ich wusste, was sie von mir wollte.

Sie wollte, dass ich weit, weit, weit weglaufe.

Ich machte einen Schritt auf die Tür zu, dankte Scarlett im Stillen dafür – obwohl ich sie hasste – sprintete los, entkam im letzten Moment und rannte den verborgenen Tunnel hinunter.

Scarlett heulte auf, der Ton hallte durch das Gefängnis, und dann verstummte ihre Stimme plötzlich. Es tat mir so leid für sie. Ich hatte sie nie gemocht und jetzt war sie plötzlich auf meiner Seite. Vielleicht vertraute sie Kylo nicht so sehr, wie ich dachte. Vielleicht hatte ich sie die ganze Zeit über falsch eingeschätzt. Aber das würde ich jetzt nie erfahren.

Als ich dachte, ich hätte mich weit genug von ihm entfernt, packte Kylo mich im Nacken und hob mich in die Luft.

„Du gehst nirgendwo hin, Isabella. Du gehörst mir."

34
roman

„LASS MICH LOS", brüllte Apaete. „Sofort!"

Raj stellte sich zwischen Apaete und mich. „Du wirst jetzt unsere Fragen beantworten."

„Was zum Teufel soll ich dir denn sagen? Dass Isabella mit Zwillingen schwanger ist?" Sie grinste fies zwischen uns hin und her, ihre Augen leuchteten. „Ist es das, was du von mir hören willst? Ist das die Wahrheit, die ich auf die Welt loslassen soll?"

Ich ballte meine Hände und ich holte tief Luft. „Was?"

Isabella war schwanger mit Zwillingen und ich habe sie mit diesem Miststück Kylo allein gelassen?

Ich knurrte leise und schüttelte den Kopf, die Krallen gruben sich wieder in meine Handflächen und schnitten durch die Haut. Wie konnte ich das meiner Partnerin nur antun? Sie trug meine Welpen.

„Einer von denen ist von dir", fuhr Apaete fort. „Und der andere von Kylo."

Mein Magen verdrehte sich zu einem Knoten, ich schoss vor und packte sie an der Kehle, die Krallen bohrten sich so tief in ihre Haut, dass ihr unsterblicher Körper zu bluten begann. Sie mochte ewig leben, ihre Wunden mochten blitzschnell heilen, aber es fühlte sich trotzdem gut an.

„Roman", warnte Raj.

Apaete lachte bedrohlich.

„Das sind meine Welpen", sagte ich.

„Ist es das, was du denkst? Hast du in letzter Zeit an ihrem Bauch gerochen?"

Ein weiteres ungestümes Knurren entkam meinen Lippen.

„Roman! Hör auf", sagte Raj wieder. Als er mich endlich von ihr wegzog, legte er eine Hand auf meine Brust und schob mich zur Tür. „Sie versucht, dich zu täuschen. Glaube ihr nicht." Er drehte sich wieder zu ihr um. „Was weißt du denn sonst noch?" Raj knurrte und zeigte seine Eckzähne. „Sag es uns."

Als sie nichts sagte, zog er die Ketten fester, sodass sie sich noch mehr in ihre Haut brannten.

Apaete jaulte auf und schüttelte den Kopf. „Ist ja gut! Wenn der Geist des Menschen schwach genug ist, kann Dolus von jedem Menschen Besitz ergreifen." Apaete knirschte mit den Zähnen, ihr Fleisch verglühte bis auf die Knochen. „Würdest du mich jetzt gehen lassen? Sofort! Ich ertrage diese brennenden Schmerzen nicht mehr."

Vor Wut kochend, schlug ich Apaete mitten ins Gesicht und renkte ihr den Kiefer aus. Ich schlug nie Frauen, aber, verdammt, diese Schlampe war eine Göttin, die uns in den vergangenen Monaten, wenn nicht sogar Jahren, verarscht hatte.

Raj räusperte sich und zog mich zurück. „Du bist noch nicht fertig mit der Beantwortung unserer Fragen."

„Was soll ich noch erzählen?", fragte Apaete.

„Warum ist Dolus nicht gekommen, um sich uns zu stellen?", sagte Raj. „Was hält ihn zurück?"

„Dolus hat Angst vor dir", sagte Apaete zu mir.

Ich schaute zu Raj hinüber, um zu sehen, ob er ihr glaubte, denn anscheinend konnte ich den Unterschied nicht erkennen. Für mich war sie verdammt gut darin, nach Strich und Faden zu lügen, aber vielleicht war ich auch einfach zu sehr mit Adrenalin vollgepumpt und konnte an nichts anderes denken, als sie in Stücke zu reißen.

Raj nickte, als wolle er bekräftigen, dass sie die Wahrheit sagte.

„Warum?", fragte ich mit zusammengepressten Kiefern.

„Weil du stärker bist als er und weil du die Frau hast, die er liebt. Er hat immer in deinem Schatten gelebt, seit dem Beginn der Wölfe, dem Beginn der Menschheit und dem Beginn der Gottheiten."

„Du lügst", sagte ich.

„Mach mich los und ich werde es dir beweisen", sagte Apaete.

Raj und ich starrten uns ein paar Augenblicke lang an.

Derek stand hinter ihr und schüttelte den Kopf, während ihm die Tränen über die Wangen liefen. „Tut es nicht. Sie verarscht euch beide. Wenn ihr sie gehen lasst, wird sie uns alle in Ketten legen."

Nach ein paar Augenblicken wurden Rajs Augen glasig, als ob er durch die Gedankenverbindung mit den Lykanern über uns sprechen würde. Die Luke öffnete sich unten im Korridor und das Geräusch von Krallen, die über den Boden schabten, drang an meine Ohren. Raj wollte sie freilassen. Er sah etwas in ihr, was ich nicht sehen konnte.

Er hatte ihre Lügen leicht durchschaut.

Als die Lykaner unsere Zelle umstellt hatten und alle Ausgänge bewachten, nickte Raj mir zu. „Lassen wir sie für ein paar Augenblicke frei. Ich will sehen, was für Informationen sie hat. Sie kennt Dolus besser als wir alle."

„Ihr werdet mich freilassen und wenn ich euch die gewünschten Informationen gebe, werdet ihr mich gehen lassen."

Raj schaute mich wieder an, sein Kiefer zuckte, dann nickte er. „Einverstanden."

„Einverstanden?", rief Derek. „Sie hat mich tagelang in dieser Kammer gequält! Sie hat versucht, mich zu brechen. Sie hat mich zu ihrem … ihrem Spielzeug gemacht, um Isabella und alle anderen zu quälen!"

Ich knurrte ihn an, er solle den Mund halten. Ich würde diese Göttin nicht gehen lassen, egal was passiert, aber wir brauchten die Informationen. Wenn sie uns etwas Gutes verriet, würden wir sie wieder einsperren und die Informationen nutzen, um zu tun, was wir tun mussten. Wenn nicht, dann würden wir die Göttlichkeit aus ihr heraus foltern, bis sie es tat.

„Tu es", knurrte ich, „bevor ich es bereue."

Raj ging zu ihr, löste ihre Handschellen und trat so schnell er konnte zurück. Seine Nägel wurden hinter seinem Rücken zu Krallen, für den Fall, dass sie versuchen würde, uns blitzschnell zu töten. „Sprich", forderte Raj.

Die Göttin verwandelte sich wieder in ihr jüngeres Ich – eine Frau, die nicht mehr wie die Mondgöttin aussah – mit glühenden violettfarbenen Augen und rabenschwarzem Haar. Sie streckte ihren Rücken durch und zeigte auf mich. „Dolus hat deine Mutter bei einem Angriff der Gesetzlosen getötet, Roman, und mich dann beauftragt, dich mit einem Zauber zu belegen, damit du nicht erkennen kannst, wer du wirklich bist."

„Und wer zum Teufel bin ich für dich?", fragte ich, während die Wut in mir wuchs.

Ich hasste es, über meine Mutter zu reden, vor allem, wenn jemand anderes sie zur Sprache brachte. Und ich hasste dieses Arschloch von Göttin, die erst freigelassen werden musste, um mir zu sagen, wer ich ohne ihren Zauber wirklich war.

Eine Sekunde später, ihr Finger zeigte immer noch in meine Richtung, verspürte ich den Drang, mich zu bewegen. Mein Kopf fühlte sich schwer an, ein stechender Schmerz schoss durch ihn hindurch, und meine Nägel verlängerten sich zu Krallen. Ich knurrte und versuchte verzweifelt, dagegen anzukämpfen, aber ich konnte nicht …

Ich verwandelte mich in meinen Wolf, aber irgendetwas stimmte nicht.

„Oh, Göttin", flüsterte Raj und trat mit großen Augen ungläubig von mir weg. Er starrte mich mit zusammengezogenen Brauen an und hundert Emotionen spiegelten sich in seinen Augen. „Isabella ist in Schwierigkeiten."

„Das ist es, was du verdammt noch mal siehst?", fragte ich durch die zusammengebissenen Eckzähne. „Was ist los mit mir?"

Raj schüttelte den Kopf und fuhr sich mit der Hand durch sein dichtes schwarzes Haar. „Roman, du bist mehr als ein Wolf, mehr als nur ein Alpha. Du bist einer der ersten Wölfe. Ich habe in letzter Zeit viel über sie gelesen und du … du passt auf die Beschreibung. Deine ganze Geschichte passt auf die Beschreibung. Du … du musst einer der Ersten sein. Und Isabella … sie steckt in großen Schwierigkeiten. Wir haben sie in die Hände eines Lügners gegeben."

Apaete hob ihre Hand zur Tür hinter Raj, woraufhin diese plötzlich zuschlug und wir mit ihr im Raum gefangen waren. Mit einem so finsteren Grinsen, dass es mich zu Tode erschreckte, schlich sie sich an uns heran. „Es gibt einen Teil der Geschichte der göttlichen Wölfe, von dem ihr nichts wisst, der über die Jahrhunderte verloren gegangen ist." Sie trat näher an mich heran. „Es gab nicht zwei göttliche Wölfe. Es waren drei."

35

roman

DREI GÖTTLICHE WÖLFE. *Drei?!*

Ich wich schockiert zurück und schluckte. Das würde so viel und doch so wenig erklären. War das der Grund, warum Kylo und ich uns gleichermaßen zu Isabella hingezogen fühlten? Aber warum hatte ich das nicht schon früher gewusst? Warum erfuhr ich erst jetzt davon?

Ich ballte meine Hände zu Fäusten und knurrte durch die Zähne.

Wie ich Derek versprochen hatte, würde ich sie hier nicht lebendig herauskommen lassen. Ich würde sie für alles foltern, was sie Derek, Isabella und meiner Beziehung zu Isabella angetan hatte. Diese Frau hatte Isabella glauben lassen, dass Kylo der einzige Mensch auf der Welt für sie war und das konnte ich nicht einmal einer Göttin jemals verzeihen.

Nicht einmal der Mondgöttin.

„Wir werden sie wieder einsperren", sagte ich mit zusammengebissenen Zähnen.

Apaete riss die Augen auf, schoss vor und fletschte die Zähne. Sie legte eine Hand um meine Kehle und drückte mich gegen die Wand, so fest sie konnte, als wolle sie mich auf der Stelle umbringen.

„Wir hatten eine Abmachung!", schrie sie.

Mit dieser Kraft in mir stieß ich sie mit Leichtigkeit von mir. Sie stolperte zurück, bis sie auf die silbernen Ketten traf und vor lauter Schmerzen auf die Knie sank. Als sie aufschrie, schloss ich die Ketten um ihre Hand- und Fußgelenke und ignorierte meinen eigenen Schmerz.

„Was machst du da?", fragte Raj angespannt hinter mir.

Ich packte Derek, hob ihn auf die Beine und öffnete die Tür, damit er fliehen konnte. Ich war mir sicher, dass er so schnell wie möglich von hier wegwollte, denn ich würde nicht irgendwo bleiben wollen, wo ich wochenlang gefoltert worden war.

„Bringt ihn weg und in Sicherheit", befahl ich einem der Lykaner. „Bringt ihn zurück in euer Haupthaus. Sorgt dafür, dass ihn niemand mehr mitnimmt, sonst werfe ich euch Isabella zum Fraß vor. Er ist ihr bester Freund."

Zwei Lykaner begleiteten Derek aus dem Gefängnis und brachten ihn nach Hause. Ich befahl ihnen, für seine Sicherheit zu sorgen, bis alles vorbei war, dann würde ich meine liebe Isabella zu ihm lassen. Sie verdienten ein Wiedersehen, an das sie sich beide für immer erinnern würden.

Ich drehte mich wieder zu Apaete um und schlug ihr direkt auf den Mund, wobei ich zusah, wie das Blut an ihrem Kinn herunterlief. Unfähig, mich zurückzuhalten, schlug ich sie wieder und wieder, jeder Schlag war kräftiger und die Wut raste durch mich hindurch. Nicht nur, dass sie jetzt Lügen verbreitete, sie hatte auch meinen Rudelkameraden brutal gefoltert.

Sie hatte es verdient.

Zu meiner Überraschung blieb Raj zurück und sah zu, ohne mich auch nur einmal aufzuhalten.

Als ihr Kopf tief hing und sie nicht mehr die Kraft aufbrachte, ihn zu heben, marschierte ich aus der Tür und knurrte vor mich hin. Ich würde morgen wiederkommen, um ihr das Leben zur Hölle zu machen, Tag und Nacht.

„Wo zum Teufel gehst du hin?", rief Raj und eilte mir hinterher, nachdem er das Gefängnis gesichert hatte.

„Du hast es selbst gesagt", antwortete ich ihm, stürmte den Gang hinunter und sprang hoch zur Luke des Gefängnisses. Ich kam auf dem Beton eine Etage höher auf und hetzte weiter in Richtung Ausgang, weil ich unbedingt Isabella finden wollte, um sicherzugehen, dass es ihr gut ging. „Isabella ist bei Kylo in Gefahr."

„Wenn es wirklich einen dritten göttlichen Wolf gibt, dann ändert das alles", sagte Raj.

Mitten im Wald blieb ich stehen, packte ihn an der Schulter und schüttelte den Kopf. „Glaubst du wirklich alles, was sie sagt? Sie ist die Schwester von Dolus und die verdammte Göttin der Täuschung. Sie hat Isabella glauben lassen, dass sie die Mondgöttin ist, Raj."

„Aber ..."

„Lass Isabella beiseite. Sie hat *unsere* Mondgöttin nicht respektiert und wird wissen, wo sie ist. Wenn das für dich nicht nach Gefahr schreit, weiß ich nicht, was es tut." Ich seufzte und ließ meinen Blick durch die Bäume schweifen. „Ich werde Isabella suchen und mich vergewissern, dass sie in Sicherheit ist. Sie trägt meine Welpen aus. Du holst so viele Informationen aus dieser Frau heraus, wie du kannst."

Ich wusste nicht, ob das, was die Göttin gesagt hatte, stimmte. Ich wusste nicht, ob ich der dritte göttliche Wolf war oder nur ein Mann mit viel zu großen Kräften für diese Welt. Aber was ich wusste, war, dass ich dafür sorgen musste, dass es meiner Isabella gut ging. Ich würde auf keinen Fall zulassen, dass dieser Bastard sie und meine Kinder von mir nahm.

Auf keinen Fall.

Isabella gehörte mir.

36

isabella

KYLO WARF mich über seine Schulter und ging den Gang zurück, vorbei an Scarletts Zelle. Drinnen lagen ihre Überreste in einer Blutlache auf dem Boden verstreut und ihr übler Geruch verflüchtigte sich langsam. Mein Magen drehte sich um, verknotete sich und mein hormongesteuerter Körper hatte das Bedürfnis, laut um sie zu weinen.

Sie war diejenige, die mich wegen Roman schwer genervt hatte, aber sie hatte versucht, mich vor Kylo zu retten.

„Lass mich los!" Ich schrie Kylo an, strampelte, schlug und trat ihn, aber sein Griff um mich wurde so fest, dass ich mich nicht mehr bewegen konnte, nicht einmal ein bisschen. „Lass mich los, Kylo, sofort!"

„Du läufst vor mir weg", sagte er mit angespanntem Körper. „Nein."

„Wenn du mich nicht gehen lässt, kann ich dir nicht vertrauen."

Aber ich traute ihm ohnehin nicht und das wusste er bereits. Ich war vor ihm weggelaufen, nachdem Scarlett versucht hatte, mich zu beschützen. Ich hielt ihn für den übelsten Mann der Welt und konnte mir nicht vorstellen, wie ich sein Baby in mir haben konnte. Offen gestanden, glaubte ich nicht, dass es stimmte. Das konnte nicht sein.

Nachdem er mit Leichtigkeit durch die Luke gesprungen war, als hätte er göttliche Kräfte, landete Kylo auf dem Betonboden darüber und ging mit mir zu einer leeren Zelle. „Du hättest gar nicht erst da unten sein sollen."

„Warum hast du es geheim gehalten?", rief ich und zappelte in seiner Umklammerung.

„Weil du es nicht wissen musst."

„Ich wurde bestimmt, deine göttliche Partnerin zu sein! Ich sollte von einem Gefängnis wissen, das du unter deinem Rudel hast. Ich sollte es nicht selbst herausfinden und Scarlett weggesperrt vorfinden müssen. Du hast mir nicht einmal gesagt, dass du sie hier hast!"

„Ich habe sie gerade gefunden."

„Komm mir nicht mit diesem Scheiß!"

Kylo betrat eine leere Zelle. „Ich lüge dich nicht an, Isabella. Hör auf, mir zu widersprechen."

„Nein!" Ich schrie wieder und Wut durchflutete mich. „Erst hast du mir deine Informationen über Scarlett vorenthalten. Dann hast du Scarlett getötet und mich entführt. Und jetzt willst du mich in einen Käfig sperren, damit ich dir gehöre und nicht von dir wegkomme!"

Inmitten meines Wahnsinns bemühte ich mich, um ihn herumzugehen, um von hier zu verschwinden, um dieses Rudelgefängnis und das Gebiet zu verlassen und Roman zu finden. Ich gehörte nicht hierher und Kylo war verdammt verrückt – so verdammt geistesgestört.

Aber so fühlte ich mich gerade auch.

Als Kylo die Zelle zusperrte, schrie ich: „Lass mich raus!"

Er stand mit verschränkten Armen und Bedauern im Blick vor dem Gitter. „Es tut mir leid, dass es so weit gekommen ist."

„Ich glaube kein Wort aus deinem Mund", schnauzte ich. „Und ich glaube wirklich nicht, dass ich deinen Welpen in mir trage. Das hast du verdammt noch mal nicht verdient! Du bist verrückt, wenn du deine eigene Partnerin einsperrst, verrückt, weil du Scarlett getötet hast, und verrückt wegen alldem, was du verdammt noch mal getan hast."

Kylo presste seine Kiefer aufeinander und seine braunen Augen wurden noch weicher. Und wenn ich ihn nicht anschreien würde, hätte er mir irgendwie leidgetan. Er sah aus, als würde er innerlich zerbrechen, als würde er jedes Wort, das aus meinem Mund kam, wirklich hassen.

„Ich werde dir zeigen, dass es wahr ist", sagte Kylo, drehte sich auf dem Absatz um und verschwand im Gang.

Ich legte eine Hand auf meinen Bauch und holte tief Luft, um mein rasendes Herz zu beruhigen. Oliver hatte vielleicht zwei verschiedene Gerüche in meinem Bauch wahrgenommen – einen von Kylo und einen von Roman – ich konnte es nicht mehr riechen. Der Geruch war nur dann wahrnehmbar, wenn Kylo in der Nähe war.

Mein Magen zog sich zusammen.

Ein Herzschlag.

Nur einer.

Nicht zwei. Einer.

Ein paar Augenblicke später erschien er mit einer Ärztin, die ich bisher nur einmal gesehen hatte. Sie lächelte mich an und erklärte mir, dass sie normalerweise die Welpen des Rudels zur Welt bringt und dass sie nach meinen sehen wollte.

Ich sah zwischen Kylo und ihr Hin und Her und trat näher an die Zellentür heran. Anstatt zu mir hineinzukommen – Kylo muss gedacht haben, dass ich ihr wehtun würde, und das hätte ich verdammt noch mal auch getan – griff sie durch die Zellengitter und berührte sanft meinen Bauch, wobei sie ein weiterentwickeltes Stethoskop, das nur für Wölfe bestimmt war, auf meinen nackten Bauch legte.

Sie schaute mich und dann Kylo an und schenkte uns ein kleines Lächeln. „Es sind zwei Herzschläge. Einer ist schwach, der andere stark."

Kylo lehnte sich mit dem Rücken an die Wand, runzelte die

Stirn, starrte sie verletzt an und sah kaum zu mir. „Sie können gehen."

Die Frau huschte zurück in den Gang und verschwand durch die Gefängnistüren.

„Was hast du mit mir gemacht?", fragte ich.

„Ich habe dir nichts angetan, Isabella. Du hast versucht, vor mir wegzulaufen."

„Du bist ein Lügner! Ich habe keine zwei Welpen in mir." Ich kochte vor Wut, hielt mich an den Gitterstäben der Zelle fest, egal, wie sehr sie mir in die Handflächen brannten, und starrte ihn durch die Gitter an. „Du bist ein verdammter Lügner!"

Tausende Gedanken schossen mir blitzschnell durch den Kopf. In dieser Zelle gefangen, glaubte ich, dass Kylo recht hatte und dass ich verrückt wurde – und zwar nicht seinetwegen, sondern meinetwegen. Das war es, was ich denken wollte, aber ich wusste, dass es nicht wahr war.

Dolus hat mich verrückt gemacht.

Ich grub meine Krallen in das Silber, um mich zu erden, und der stechende Schmerz schoss meine Krallen hinauf. Ich wimmerte, hielt mich aber weiter fest, weil ich fürchtete, unter dem Druck, mein Baby in Sicherheit bringen zu wollen, zusammenzubrechen. Ich hoffte, dass Roman nicht schon umgebracht wurde, und betete, dass Kylo nicht Dolus war, sobald ich das Silber, den Schmerz, losließ.

„Du musst mich gehen lassen", flüsterte ich. „Bitte, Dolus."

Als ich den Namen dieses verdammten Gottes aussprach, schwankte Kylos strenger Blick einen Moment lang. Aber in diesem Moment fühlte sich alles so real an, alles fühlte sich so an, als hätte ich recht, als wäre das keine große Geschichte, die ich mir zusammengesponnen hatte.

Mein Körper fühlte sich so schwach an, aber ich fand die Kraft, durch die Gitterstäbe zu greifen und sein Gesicht zu berühren. Kylo legte seine große Hand auf meine, verschränkte die Finger mit meinen und drückte fest zu, als wolle er nicht loslassen, als wolle er für immer mein sein.

„Ich kann das nicht mehr", flüsterte ich, während der Schmerz durch meinen Körper schoss. „Ich kann das nicht noch tausend weitere Leben lang tun. Bitte, hör auf, mich zu jagen. Roman ist der einzige Mensch, den ich lieben werde, bis ich sterbe. Ich kann dich in diesem Leben nicht mehr lieben, Dolus. Ich kann es nicht."

37
kylo

DUNKLE AUGENRINGE, bebende Lippen und Verärgerung in jedem ihrer Worte - Isabella schleuderte mir so viel Bosheit, Hass und Traurigkeit entgegen. Ich starrte sie von der anderen Seite der Gitterstäbe an und wurde mir plötzlich bewusst, was ich ihr und Roman angetan hatte. In den vergangenen Wochen hatte ich alles getan, was ich tun musste, um sie zu beschützen.

Ich wusste, dass ich das hatte.

Aber warum hatte ich sie dann in eine Zelle gesteckt, sie eingesperrt und gezwungen, in einem silbernen Käfig zu stehen? Mein Herz brach, als ich in ihre großen Augen starrte, die sich mit Tränen füllten. Sie sollte nicht hier drin sein und *ich* war derjenige, der sie eingesperrt und gezwungen hatte.

„Dolus", flüsterte Isabella.

„Ich bin nicht Dolus", sagte ich und mein Herz zerbrach noch mehr. „Ich bin Kylo."

Isabella starrte mich an und schüttelte den Kopf, als ob sie mir kein Wort glauben würde. Sie glaubte nicht, dass ich sie nur vor der Dunkelheit beschützen wollte, die in jedem steckt, selbst in Roman und mir. Wir haben vielleicht unsere ganzen Leben zusammen verbracht, aber ich hätte nie gedacht, dass meine andere Hälfte - die göttliche Wölfin - mich so sehr hassen würde, wie sie es tat.

„Du bist ein schlechter Lügner."

„Ich lüge nicht", flüsterte ich und wollte unbedingt, dass sie mir glaubte. Mit gerunzelter Stirn trat ich näher an sie heran. „Ich schwöre dir, Isabella, ich bin Kylo und niemand anderes. Ich erinnere mich an alles über uns, von Anfang an."

Ich legte meine Hand auf die silbernen Käfigstäbe und ließ sie auf meiner Haut brennen. Ich wollte ihr zeigen, dass ich bereit war, alles für sie zu tun. Das war alles, was ich immerzu gewollt hatte, seit ich sie kennengelernt hatte, aber Isabella hatte es von Anfang an nicht gewollt.

Es war nicht meine Schuld, dass Isabellas Wölfin und mein Wolf sich gepaart hatten.

Es war nicht meine Schuld, dass ich wollte, dass er einmal glücklich war, nachdem, was Scarlett uns angetan hatte.

Es war nicht meine Schuld, dass ich mich schon vor Wochen in Isabella verliebt hatte.

Sosehr ich mich auch bemühte, ich konnte dieses Gefühl in mir nicht unterdrücken. Nichts, was ich tat, um sie zu beschützen, schien ihr oder Roman noch etwas zu bedeuten. Sie hasste mich jeden Tag mehr und mehr und der Gedanke, dass meine zweite Partnerin mich hasste, brachte mich innerlich um.

Ich wollte so nicht mehr leben.

Das konnte ich nicht.

„Die Nacht am See mit der Mondgöttin ... "

Nachdem ich die Augen geschlossen hatte, dachte ich an das Wochenende zurück und daran, wie gut ich mich nach einer einzigen Nacht mit ihr gefühlt hatte. Wir hatten nicht einmal etwas miteinander, hatten nur unter den Sternen gelegen und Zeit miteinander verbracht. Es war nichts weiter passiert.

„Diese Mondgöttin war nicht echt.", sagte Isabella.

„Doch, das war sie. Diese Nacht war echt."

„Nein, das war es nicht."

Meine Kehle schnürte sich zu und mein Herzschlag setzte einen Moment aus. „Die Mondgöttin war wirklich da, Isabella. Wie kannst du nicht glauben, dass sie da war? Wir haben mit ihr gesprochen, mit ihr gelacht und Befehle von ihr entgegengenommen."

Isabella starrte mich an. „Du redest nur Scheiße, Dolus. Ich bin nicht dumm."

„Du bist nicht dumm, Isabella", flüsterte ich.

Ich hasste es, dass sie nicht glaubte, dass ich es war, wirklich ich.

„Lass mich einfach in Ruhe!", schrie Isabella, der jetzt die Tränen über die Wangen liefen. Sie zog sich in die Ecke der Zelle zurück, die am weitesten von mir entfernt war, und schüttelte den Kopf. „Bitte, lass mich in Ruhe. Ich will nicht mit dir zusammen sein, Dolus."

Da ich wusste, dass ich auf diese Weise niemals zu Isabella durchdringen würde, seufzte ich und trat von dem silbernen Käfig zurück. Meine Isabella glaubte mir nicht; sie weigerte sich, irgendetwas von dem zu glauben, was ich sagte, und ich konnte nicht verstehen, warum sie mich hasste.

„Geh!", rief sie.

Ich ließ Isabella in der Zelle zurück und ging tiefer in das Gefängnis hinein, zu dem einzigen Ort, an dem ich den Gegenstand aufbewahrte, der uns beide zerstören konnte. Ich tippte den Code in das Schloss und zog die Tür auf. Die in einem weiteren Glaskasten eingeschlossene Blume schimmerte im Licht.

Diese verdammte Blume.

Ganz vorsichtig öffnete ich den Glaskasten und nahm sie heraus. Die Blüten und Blätter schienen in dem Moment, in dem ich sie herausnahm, noch lebendiger und strahlender zu werden. Sie verbrannte meine Haut und ließ sie fast so schnell schmelzen wie das Silber im Gefängnis unten.

Wenn ich ein Stück abbrach, es in kleine Flocken zerrieb und in ein Glas streute, würde es sich im Wasser auflösen und zu einer Flüssigkeit werden, die tödlich genug wäre, um Isabella oder ... mich zu töten. Isabella dachte, ich sei Dolus, Roman dachte, ich sei Dolus, und ich ... ich dachte einfach, ich sei ich.

Aber es waren Dinge passiert, die ich mir nicht erklären konnte.

Nicht im Geringsten.

Im schlimmsten Fall war Dolus in mir, also würde es auch ihn töten. Ich brach ein Stück ab, zerdrückte es zwischen meinen Fingern und streute es in ein Glas Wasser. Ich setzte es an meine Lippen. Wenn es das war, was ich tun musste, dann war es das, was ich tun würde. Ich würde alles machen, um Isabella vor der Dunkelheit zu schützen ... selbst, wenn ich die Dunkelheit sein sollte.

38
roman

„DU DARFST HIER NICHT REIN", sagte einer von Kylos Gefängniswärtern, als ich mich den Türen näherte.

Ich hatte mich auf Kylos Grundstück geschlichen – weil mich niemand freiwillig hineinlassen wollte – und war Isabellas Spur über das ganze Gebiet gefolgt, bis ich zum Gefängnis kam. Wenn sie in die unterirdischen Kammern hinabgestiegen war, wusste ich nicht, ob ich sie lebendig herausbekommen würde.

Vor allem, wenn Kylo mit ihr da unten war.

„Lasst mich durch", sagte ich zwischen zusammengebissenen Zähnen. „Meine Partnerin ist da unten."

„Alpha Kylo hat strikte Anweisung gegeben, niemanden in das Gefängnis hinunterzulassen."

Ich packte die beiden Wachen an der Kehle, schleuderte sie gegen die Tür und hob sie in die Luft, wobei ich sie so fest zudrückte, dass sie nicht atmen konnten. „Entweder ihr lasst mich ins Gefängnis oder ich gehe rein, nachdem ich euch das Leben genommen habe. Wählt verdammt noch mal weise."

Nachdem sie erfolglos versucht hatten, sich aus meinem Griff zu befreien, sahen sie sich an und nickten. Ich ließ sie fallen und sah zu, wie sie auf die Knie fielen, die durch den Aufprall aufrissen. Als sie wieder auf den Beinen waren, holte einer von ihnen einen Schlüssel aus seiner Tasche und steckte ihn in das Schloss.

Die Tür schwang auf und Kylos übler Geruch wehte nach draußen. Ich betrat das Gefängnis, hielt mich an der Tür fest und warf einen Blick über meine Schulter zu den beiden Männern.

„Sagt Kylo nicht, dass ich hier war, sonst töte ich seinen Welpen, der im Bauch meiner Partnerin wächst."

Als ob sie wüssten, wovon ich sprach, nickten die beiden schnell. Ich ballte meine Hände zu Fäusten und schloss die Tür leise hinter mir. Ich glaubte keine Sekunde lang, dass Isabella Kylos Welpen bei sich trug, aber wenn es sie zum Schweigen brachte, dann würde ich es nutzen.

Nachdem ich leise die Treppe hinuntergestiegen war, folgte ich Isabellas Geruch zu einer Zelle, in der sie zusammengerollt in der Ecke lag, den Kopf in den Händen und leise wimmernd.

Ich eilte zum Käfig und rüttelte an den Gittern. „Isabella."

Sie hob den Kopf und ihr Blick fiel auf mich. So viele Emotionen liefen über ihr Gesicht, bis sie schließlich vor Angst erstarrte. „Roman, was machst du hier?", flüsterte sie und starrte mich mit großen Augen an. „Du darfst nicht hier sein. Er wird dich auch einsperren."

„Wo ist er?", fragte ich, während mich die Wut übermannte.

Tränen stiegen ihr in die Augen, während sie mich weiter anstarrte. Sie rückte näher an die Gitterstäbe heran und legte ihre Hände auf meine. „Es tut mir leid", flüsterte sie und hielt sich den Mund zu, um ein Schluchzen zu unterdrücken. „Es tut mir so leid."

„Was tut dir leid? Was ist hier los?"

„Ich ... da ist ... " Noch mehr Tränen liefen über ihre Wangen. „Ich trage Kylos Welpen in mir."

Ich sog scharf den Atem ein. Hatte die Göttin die Wahrheit gesagt? Oder waren das alles Dolus' Gedanken, die in unser beider Köpfe eingedrungen waren und unseren Gedanken durcheinandergebracht hatten? Ich wusste nicht, ob Isabella wirklich unsere beiden Welpen in sich trug oder nicht.

Aber alles, was mich jetzt interessierte, war, Isabella von hier wegzubringen. Wenn sie unsere beiden Welpen in sich trug, dann würden wir uns später um diesen Scheißkerl kümmern. Isabella musste in Sicherheit sein, bevor sie Welpen bekommen konnte.

„Das spielt keine Rolle." Doch, das tat es.

„Roman, du musst gehen …"

Ich drehte mich um und suchte nach einem Schlüssel, irgendetwas, um Isabella aus dieser verdammten Zelle zu holen. Sie war im Moment ein schluchzendes Wrack und konnte nicht mehr klar denken. Verdammt, ich auch nicht, aber ich würde Isabella nicht hier drin sterben lassen, in diesem Gefängnis.

Als ich überall gesucht und nichts gefunden hatte, legte ich meine Hände noch einmal auf die silbernen Gitterstäbe und setzte meine ganze Kraft ein. Das Metall brannte direkt durch die Haut meiner Hände, aber das war mir egal. Ich zog die Stäbe so weit auseinander, bis Isabella hindurchpasste.

Sie starrte mich aus der Zelle heraus fassungslos an. „Roman, was … was ist mit dir passiert?"

„Es gibt drei göttliche Wölfe, Isabella", sagte ich zu ihr, da ich nicht wusste, wie ich sonst diese neu entdeckte Macht in mir erklären sollte. Ich ergriff ihre Hand und zog sie aus der Zelle. „Jetzt komm schon. Wir müssen dich hier rausbringen. Sofort."

Weiter hinten im Gang zerbrach etwas. Ich packte Isabella fest und zog sie in die entgegengesetzte Richtung. Doch nach dem Krachen waren schnelle Schritte zu hören, die auf uns zukamen. Isabella zog mich in einen Raum mit einer offenen Luke.

„Wir werden es nicht aus dem Gefängnis schaffen, ohne dass Kylo uns findet. Wenn wir ihn hierher bringen, können wir ihn einsperren und sehen, ob er wirklich Dolus ist oder nicht", flüsterte Isabella und deutete auf die Luke. „Da unten sind silberne Käfige."

Genau wie in dem anderen Gefängnis.

„Und ein unterirdischer Tunnel."

Ein unterirdischer Tunnel, den Isabella zur Flucht nutzen konnte.

„Okay", flüsterte ich und warf einen Blick über meine Schulter zur Tür. Die Schritte wurden lauter und lauter und lauter und dann hörte ich Kylo knurren. Da ich wusste, dass wir nicht mehr viel Zeit hatten, nahm ich Isabellas Gesicht in meine Hände und küsste sie auf die Lippen. „Ich liebe dich so sehr."

Verblüfft lächelte Isabella. „Ich liebe dich auch."

Mein Herz verkrampfte und ich schob sie in Richtung der Luke. Als sie in die Dunkelheit hinuntersprang, lächelte ich zu ihr hinunter, schlug die Tür zu und verriegelte sie.

Roman!, rief sie durch die Gedankenverbindung. *Was machst du da? Komm sofort hier runter!*

Lauf, Isabella. Schau nicht zurück.

Aber, Roman …

Ich rette unsere Zukunft. Ich hielt inne und drehte mich zur Tür, fuhr meine Krallen aus und verwandelte mich in meinen Wolf. *Du und unsere Welpen sind unsere Zukunft. Wenn ich heute nicht überlebe, sei gewiss, dass ich immer bei dir sein werde.*

39
isabella

„ROMAN!", schrie ich aus vollem Halse und hoffte, dass er die Verzweiflung in meiner Stimme hören und diese Luke öffnen würde, damit ich hier herausspringen und ihm im Kampf gegen Kylo helfen konnte. Ich durfte ihn verdammt noch mal nicht verlieren.

Es war mir egal, ob Kylo seit Tausenden von Jahren mein Partner war. Roman war jetzt mein Partner. Sosehr ich verdammt noch mal den Gedanken hasste, sie könnten beide die Väter meiner Welpen sein. Was wäre das für eine beschissene Welt, wenn sie beide sterben würden, weil Roman mich hier eingesperrt hatte?

In der Hocke beäugte ich die silberne Oberfläche der Luke und sprang hoch, bis meine Hände sie erreichten. In den wenigen Augenblicken, in denen ich in der Luft schwebte, stieß ich meine Hand gegen die Luke und verbrannte sie fast bis auf die Knochen, dann landete ich wieder auf meinen Füßen und stolperte gegen die silberne Wand.

„Roman!", schrie ich. Ich wimmerte und starrte mit Tränen in den Augen auf die Tür. „Lass mich sofort raus!"

Ich sprang wieder gegen die Luke.

Und wieder.

Und wieder.

Bis meine Hände bluteten und sich die Wunden nicht mehr schlossen. Ich legte das brennende Fleisch auf meine Knie und krümmte mich, Tränen liefen mir über die Wangen, ein unerklärlicher Schmerz in meinem Herzen erstickte mich.

Ich durfte ihn nicht verlieren.

Meine Wölfin wimmerte.

Aber im Moment konnte ich es nicht ertragen, dass diese ungerührte Schlampe mir sagte, dass ich Kylo brauchte. Kylo hatte nichts getan, außer uns zu verletzen. Er hatte uns erst vor wenigen Augenblicken in diesen Käfig gesperrt, Roman immer wieder die Schuld für seine Fehler gegeben und sogar versucht, mich davon zu überzeugen, dass Roman mich betrogen hatte.

Wie könnte ich …

Weil wir Kylo lieben, sagte meine Wölfin in mir.

Ihre Stimme drang von einer Seite zur anderen in meine Ohren, der Klang war so heiter, dass er fast beruhigend wirkte. Sie war göttlich und engelsgleich. Und wenn ich mich an eine Sache aus meiner Kindheit erinnerte – kurz bevor ich achtzehn geworden war – dann war es, dass meine Wölfin kein Engel war.

Sie war eine Göre.

Und sie mochte nur Roman.

Was zum Teufel war also in mir, das verzweifelt versuchte, mich dazu zu bringen, Kylo wieder zu lieben? Was drängte mich? Was versuchte langsam, die Kontrolle über meinen Körper zu übernehmen? Vielleicht … nur vielleicht war es Dolus. Oder etwas Schlimmeres.

Ein Knallen und Poltern hallte von oben durch die Luke und riss mich aus meinen Gedanken. Ich starrte auf die silberne Tür, meine Hände bluteten immer noch und zitterten. Es gab keine Chance, hier rauszukommen. Und es gab keine Chance, dass sie nicht beide sterben würden, wenn ich nicht bald versuchte, sie aufzuhalten.

Ich drehte mich zu den Zellen um und eilte den Gang hinunter, wobei ich mich gegen das wehrte, was in mir war und mich anflehte zu bleiben. Was auch immer es war, es war verdammt hartnäckig, denn ich musste buchstäblich jeden Fuß anheben und ihn wieder auf den Boden fallen lassen, als würde ich durch dicken Schlamm stapfen.

Während die silbernen Kammern alle verschlossen waren, mit Ausnahme der Kammer, in der sich Scarletts Körper befand, gab es nur eine Tür: zum Tunnel, der in die Dunkelheit führte. Ich starrte in die endlose Schwärze und konnte selbst mit meiner verbesserten Sehkraft keine paar Meter weit sehen.

„Scheiße", flüsterte ich, schloss die Augen und schüttelte den Kopf. „Ich muss das tun."

Aber das wollte ich nicht, denn alles, was ich hörte, war das Heulen und Wimmern da oben. Meine Partner und mein göttlicher Partner kämpften auf Leben und Tod, versuchten verzweifelt, sich gegenseitig für mich umzubringen, und zwar ohne jeglichen Grund.

Egal, was passierte, ich musste Romans Wünschen folgen. Ich hatte ihn monatelang gebeten, an mich zu glauben, und ihn angefleht, mich als ebenbürtig zu betrachten. Jetzt war ich an der Reihe. Roman mochte so stark sein wie ich, aber ich hatte versucht, ihn so weit wie möglich aus meinen lykanischen Angelegenheiten herauszuhalten.

Jetzt musste ich daran glauben, dass er das Richtige tun würde.

So würde alles enden.

Wenn Kylo Dolus war, dann musste ich überleben. Ich würde aber nicht überleben, wenn ich hier unten warten würde.

Ich strich mit der Hand über meinen Bauch und spürte den Herzschlag meiner Babys. Was auch immer oben oder in den kommenden Tagen geschehen würde, ich würde dafür sorgen, dass meine Welpen wussten, wer ihre Väter waren – einer ein Verbrecher und der andere ein Retter.

40
kylo

MIT UNMENSCHLICHER KRAFT schleuderte mich Roman gegen die silbernen Zellengitter. Mein Körper schlug mit einem dumpfen Aufprall auf und meine Haut brutzelte beim bloßen Kontakt von Metall auf Wolfsfleisch. Bevor er erneut auf mich zustürmen konnte, stand ich wieder auf und knurrte ihn an.

Vor fünf Minuten hatte ich noch in einer der Zellen gestanden, mit der Blume in der Hand, und wollte dem Ganzen ein Ende setzen. Ich war so nah dran – so verdammt nah dran, diesen Wahnsinn ein für alle Mal zu beenden. Aber als ich gerochen hatte, wie Roman sich in mein Gefängnis schlich, konnte ich mich nicht davon abhalten, herzurennen und ihn zu töten.

Ich hatte die Kontrolle verloren und konnte sie nicht mehr zurückgewinnen.

Sosehr ich mich auch bemühte, eine Kraft in mir zwang mich, die Blume fallen zu lassen und durch das Gefängnis zu rennen, weil ich Roman in Stücke reißen wollte. Und zum ersten Mal fürchtete ich, dass es wirklich Dolus war, sonst ergab es keinen Sinn.

Wann immer ich mit Isabella zusammen war, war ich ruhig – es sei denn, sie lief vor mir weg.

Verdammt, als sie in diesem Käfig saß, war ich so schnell

wieder zu Sinnen gekommen, dass ich mich für sie umbringen wollte – verdammt noch mal umbringen. Und vielleicht hätte ich es tun sollen, als ich die Chance dazu hatte, denn ich konnte Roman nicht töten. Er war jetzt nicht nur viel stärker, er war auch mein ältester Freund.

„Roman", zischte ich durch zusammengebissene Zähne und spannte mich an, um mich zu beherrschen.

Aber Roman sah das als Bedrohung an und stürzte sich auf mich, legte seine raue Hand an meine Kehle, drehte mich um und stieß mich zurück gegen die Gefängniszelle. Als ich dagegen schlug, zischte meine Haut erneut. Ich zuckte zusammen und biss mir auf die Zunge, stieß mich von den Gitterstäben ab und wirbelte herum, um ihm ins Gesicht zu sehen.

Ich stürzte mich auf ihn, schlug ihm mit den Händen gegen die Brust und schleuderte ihn nach hinten gegen die Wand. Der Beton bekam durch die Wucht einen Riss, doch Roman schien es nichts auszumachen.

Töte ihn für mich, sagte Isabella durch die Gedankenverbindung. *Wir können für immer zusammen sein, mein Liebster.*

Ich kniff die Augen zusammen, denn ich wusste, dass sie das nicht wirklich wollte. Sie liebte Roman, mehr, als sie mich jemals geliebt hatte oder jemals lieben würde. Ich wartete nur hoffnungslos auf eine Frau, die mich niemals lieben konnte.

Nein, antwortete ich ihr, *ich werde ihn nicht umbringen.*

Aber mein Körper reagierte auf ihre Worte fast wie von selbst und stürzte sich auf Roman, bevor er die Chance hatte, mich anzugreifen. Ich schlug ihm mit der Faust ins Gesicht, mit aller Kraft, die ich aufbringen konnte, und drückte ihn zurück gegen die Wand.

Mach dir keine Sorgen um mich, Kylo, sagte sie leise in meinem Kopf. *Ich werde dich lieben, egal, was passiert. Ich will nur wieder mit dir zusammen sein. Eine Nacht mit dir wird nie genug sein. Ich sehne mich nach der Ewigkeit.*

„Stopp!", rief ich und schlug meine Faust wieder in Romans Gesicht. „Hör sofort auf!"

· · ·

Roman

Töte ihn, Roman, sagte Isabella durch die Gedankenverbindung. *Wir können für immer zusammen sein, mein Liebster. Ich weiß, dass du ihn von dieser Welt schaffen willst. Ich weiß, wie viel Wut du in dir aufgestaut hast, wie viel Schmerz du durch den Tod deiner Mutter empfindest.*

Ich schlug mit den Fäusten auf Kylo ein und stieß ihn von mir weg, pirschte mich an ihn heran und drängte ihn immer weiter zurück an die Wand. Ich presste meine Kiefer zusammen und nutzte Isabellas Worte, um mich anzustacheln. Wenn Kylo ein wahrer Freund gewesen wäre, wäre er an dem Tag damals dabei gewesen, um meine Mutter davor zu bewahren, einen grausamen Tod durch die Gesetzlosen zu sterben.

Aber er war nie mein Freund gewesen. Er war immer mein Feind gewesen, immer Dolus.

Er denkt, deine Mutter hätte es verdient zu sterben. Er denkt, sie war eine schwache Schlampe, eine, die sein Vater ausnutzen konnte, so wie Kylo versucht hat, mich auszunutzen, sagte Isabella wieder in meinem Kopf. *Warum hast du so jemanden all die Wochen am Leben gelassen? Du solltest dich schämen, dass du das so lange zugelassen hast.*

Was sagst du da?, fragte ich durch die Gedankenverbindung und trat Kylo in den Bauch. *Ich habe ihn nicht getötet, weil du es nicht wolltest. Du hast mir gesagt, dass du denkst, dass du ihn liebst. Alles, was ich je wollte, war, dich glücklich zu sehen.*

Dann töte ihn!, sagte sie. *Das wird mich glücklich machen. Ich will seinen Kopf. Dann werde ich mich dir bis in alle Ewigkeit unterwerfen. Das ist der einzige Weg.*

Wut stieg in mir auf. *Das war nicht Isabella.*

Isabella würde sich mir nie unterordnen, erwiderte ich. *Sie ist eine freche Göre.*

Meine Göre.

Gleichzeitig griffen Kylo und ich uns mit einem rechten Haken an und schrien: „Geh mir aus dem Kopf!"

Und in diesem Moment hörten wir beide auf zu kämpfen und traten voneinander zurück, schwer atmend und kochend vor Wut. Aber wir waren nicht wütend auf den anderen – zumindest war ich jetzt nicht wütend auf ihn. Ich bemühte mich, nicht auf ihn loszustürmen und die Kontrolle zu verlieren.

Das war Dolus' Werk.

Das war seine Kontrolle über uns.

Er wollte, dass wir schwach wurden. Er wollte, dass wir in so viel Wut aufeinander ertranken, dass wir nicht mehr klar denken konnten. Er wollte, dass wir uns gegenseitig zerstören würden, damit *er* derjenige sein konnte, der mit Isabella zusammen ist. Das war kein Kampf gegen Kylo mehr.

Das war ein Kampf gegen Dolus.

„Wir werden kontrolliert", sagte ich mit zusammengebissenen Zähnen und meine Muskeln schwollen so sehr an, dass ich dachte, sie würden aus meiner Haut platzen. Ich ballte meine Fäuste noch fester und baute in jeder von ihnen Kraft auf, weil ich Angst hatte, dass ich Kylo töten würde, wenn ich eine davon locker ließ.

„Geh", sagte Kylo, „bevor ich dich töte. Du musst gehen."

Und obwohl ich gehen wollte, konnte ich mich nicht von der Stelle rühren.

„Ich kann mich nicht bewegen", sagte ich.

„Dann bleiben wir so, bis Isabella zurückkommt", sagte er und war am ganzen Körper angespannt.

„Ich habe die Luke geschlossen. Sie ist unten und kommt nicht mehr raus."

„Es gibt einen unterirdischen Tunnel. Sie wird den Weg hinausfinden. Sie wird das stoppen. Glaube an sie."

41
roman

GIB NACH, *Roman*, sagte Isabella zum fünfzigsten Mal in den letzten zwanzig Minuten in meinem Kopf. *Gib die Kontrolle ab und wir können für immer zusammen sein.*

Ich werde mich niemals von dir kontrollieren lassen.

Egal was passiert, Roman ..., sagte sie, die Stimme wurde tief und männlich.

Dolus. Das war er wirklich.

Ich werde dich in Stücke brechen und dich töten. Ich werde meine erste Liebe wiedersehen. Du kannst auf keinen Fall länger leben. Du stehst mir schon viel zu lange im Weg und dein Wille kann nicht gebrochen werden, also muss ich dich loswerden. Wenn du dem Druck nachgegeben hättest, dann hättest du nicht sterben müssen. Aber ... es ist zu spät. Ich habe Kylos Willen gebrochen. Das letzte bisschen werde ich leicht übernehmen können, dann kann ich zu ihm werden.

„Kylo", rief ich, während mir der Schweiß den Rücken hinunterlief, „widersteh ihm".

Kylo riss den Kopf zur Seite, seine Augen wechselten zwischen Gold und Obsidianschwarz, seine Lippen zuckten und seine Adern traten hervor. Egal, wie sehr ich mich bemühte, ich würde ihn nicht retten können.

„Lass nicht zu, dass er dich kontrolliert", schrie ich ihn an. „Denk an Isabella!"

Ich hasste es, Isabella zu benutzen, um ihn zu beruhigen, aber das war der einzige Weg, den ich mir vorstellen konnte, um ihn dazu zu bringen, bei Sinnen zu bleiben. Um nicht diesen Krieg gegen das Monster zu verlieren, das von Anfang an versucht hatte, uns beide zu brechen.

Er war körperlich immer stärker gewesen als ich, aber im Moment brach sein Lebenswillen. Und ich wusste, wenn wir hier und jetzt kämpften, würde Kylo gewinnen. Er war vielleicht nicht geistig stark, aber mit der Kraft eines Gottes würde er mich töten. Ich hatte vielleicht auch gedacht, die Kraft eines Gottes zu haben, aber Kylo war immer stärker gewesen.

Es ist sinnlos, sagte Dolus durch meinen Geist. *Es gibt keine Rettung für ihn.*

Doch, antwortete ich ihm. *Es gibt eine Rettung für ihn. Du hast noch keine Kontrolle über ihn.*

Doch an der Art, wie Kylo die Augen zusammenkniff und die Ader in seinem Hals zuckte, konnte ich erkennen, dass er den Kampf verlor, dass er kurz davor war, die Kontrolle abzugeben und sich Dolus zu ergeben – dem Mann, den wir beide geschworen hatten zu töten, um Isabella zu schützen.

„Du hast versprochen, Dolus zu töten!", schrie ich ihn an, das Herz pochte in meiner Brust. „Lass nicht zu, dass er dich kontrolliert. Lass nicht zu, dass er dir etwas antut, denn wenn er dich hat, dann bekommt er auch Isabella. Und deinen Welpen und alles wofür du so hart gearbeitet hast! Gib nicht auf!"

Meine Stimme war heiser, als ich ihn weiter anschrie, er solle stärker sein als ich, so wie er es immer war. Denn ich hasste den Mann zwar, aber noch mehr hasste ich Dolus dafür, dass er uns allen das angetan hatte. Ich wollte ihn selbst umbringen.

Sag auf Wiedersehen, Roman, sagte Dolus in meinem Kopf, begleitet von den Bildern Isabellas, die ziellos durch die dunklen unterirdischen Tunnel ins Nichts rannte. Tränen liefen ihr über das Gesicht und ihr Mund öffnete sich verzweifelt, als sie meinen

Namen rief. *Das ist unsere letzte Chance, für immer zusammen zu sein und ich werde sie mir nicht entgehen lassen.*

Jeder verdammte Moment, den ich mit Isabella verbracht hatte, schoss mir durch den Kopf. Jede Hoffnung, jeder Traum und jeder Wunsch für die Zukunft ließ mich vor Schmerz zusammenzucken. Ich weigerte mich, Isabella bei Dolus zu lassen. Ich weigerte mich zu sterben. Ich würde derjenige sein, der das hier beendet und Kylo aus der Dunkelheit holt.

Ich würde nicht auf einen Mann hereinfallen, der sich nicht einmal materialisieren konnte, der die Körper anderer Menschen als seinen eigenen benutzte. Ich würde mich keinem schwachen Gott hingeben, der seine Macht zu verlieren droht. Ich würde ihn in Stücke reißen, wenn er mich noch einmal angreifen würde.

Kylo

Du bist ein Nichts, sagte Isabella in mein Ohr. *Du bist ein Niemand.*

„Hör auf", flüsterte ich, kniff die Augen zusammen und schüttelte den Kopf. Isabellas Stimme war so laut in meinem Kopf, dass ich nicht mehr klar denken konnte. Ich wusste, dass sie es nicht war, aber das bedeutete nicht, dass mein Körper das auch wusste. „Bitte, hör auf."

„Kylo!", rief Roman, aber seine Stimme wurde von Isabellas Stimme übertönt.

Du bist wertlos. Du konntest nicht einmal deine Partnerin bei dir halten. Du würdest auch mich niemals halten können, ohne Roman zu töten. Roman wird mich dir jedes Mal wieder wegnehmen. Töte ihn für mich, Kylo. Bitte, gib die Kontrolle ab.

„Hör auf, auf diese Stimme zu hören!", rief Roman über die Geräusche hinweg. „Es ist Dolus."

Wenn ich die Kontrolle abgebe, sagte ich zu der Stimme, *dann hast du Isabella bis zu deinem Tod.*

Wir werden Isabella haben, bis wir sterben, sagte die Stimme, die schließlich tiefer wurde, bis es nicht mehr Isabellas Stimme war, sondern die von Dolus, die genauso klang wie damals, als er die Kontrolle über Scarlett übernommen hatte.

Mein Körper schmerzte, ich verlor den Kampf. Ich würde das nicht mehr lange durchhalten können.

Ganz gleich, wie stark ich zu sein behauptete, ich war ein Niemand.

„Gib nicht auf, Roman", presste ich zwischen zusammengebissenen Zähnen hindurch, und meine Eckzähne wuchsen. „Gib nicht nach. Bleib stark."

„Sag so was nicht, Kylo", sagte er und sein Körper zitterte. „Du wirst die Kontrolle nicht verlieren."

Aber ich hatte bereits die Kontrolle verloren. Ich hatte nur noch ein paar Momente des freien Willens übrig. Und ich wusste, was ich tun musste, um diesen Wahnsinn für immer zu beenden. Wenn Dolus die Kontrolle über mich übernahm, würde ich meinen Körper nicht mehr nutzen können. Ich würde nicht mehr ich selbst sein.

„Die Blume", sagte ich, bevor ich die Kontrolle über meinen zitternden Körper verlor. „Sie ist drei Türen weiter, zerdrückt in einem Wasserglas. Sorge dafür, dass Isabella sie nicht benutzt. Sag ihr … sag ihr, sie soll sie mir geben."

Und das waren die letzten Worte, die ich über meine Lippen bringen konnte, bevor Dolus die Kontrolle übernahm und mich zwang, auf Roman loszugehen, Isabellas erstem und einzig wahren Liebhaber und einem meiner ältesten Freunde. Ich bezweifelte, dass ich diesen Mann jemals wiedersehen würde.

42
isabella

DREH DICH UM.

Geh zurück.

Hör auf zu rennen.

Ich wischte die Tränen von meinen Wangen und lief schneller durch den dunklen Tunnel, ohne zu wissen, wohin, aber ich wusste, dass ich so schnell wie möglich einen Ausgang finden musste. Die Stimme in meinem Kopf ließ mich nur noch schneller laufen, obwohl sie mich bremsen wollte.

Als ich nicht aufhörte, wurden meine Füße plötzlich schwerer, als ob das, was in mir gefangen war, mich nicht geistig brechen konnte, sodass es mich jetzt körperlich angriff. Und ich weigerte mich verdammt noch mal, das zuzulassen.

Anstatt mich davon aufhalten zu lassen, nahm ich meine Füße hoch und stapfte vorwärts, wobei ich das kleine Licht am Ende des Tunnels im Auge behielt. Ich hatte etwas, auf das ich mich freuen konnte, etwas, das mich in Bewegung hielt.

Wenn ich nicht bald zu Kylos Gefängnis zurückkehrte, würden Roman und Kylo sich gegenseitig umbringen. Ich würde meinen Partner für immer verlieren und meine Welpen würden ihre verdammten Väter verlieren. Ich konnte und wollte nicht zulassen, dass das passiert.

Je näher ich dem Licht kam, desto schwerer wurden meine Füße.

„Hallo!", rief ich durch die Dunkelheit. „Ist da jemand?"

„Isabella?", fragte jemand, als eine Silhouette vor dem Licht auftauchte. „Bist du das?"

Ich rannte schneller, mein Atem ging stoßweise und meine Brust hob und senkte sich. „Raj!"

Als ich ihn erreichte, schlang ich meine Arme um seine Schultern und brach in seinen Armen zusammen, wobei meine Beine so schwer wurden, dass ich kaum noch stehen konnte. Raj fing mich auf, hob mich hoch und zog mich in das gleiche unterirdische, mit Silber gefüllte Gefängnis, das auch Kylo hatte.

Als ich mich im Gefängnis umsah, kam ich schließlich wieder auf die Beine und zuckte angesichts des plötzlichen Drucks und der Gedanken, die mir durch den Kopf schossen, zusammen. Ich musste so schnell wie möglich zurück und ich brauchte das gesamte Lykaner-Rudel, um mit mir zu kommen.

Ich traute mir selbst nicht.

„Wir müssen jetzt gehen", sagte ich und eilte zum Ausgang. „Wir müssen zurück zu Kylos Rudel, bevor ihm und Roman etwas Schreckliches zustößt. Etwas stimmt hier nicht. Ich glaube, Dolus versucht, auch mich zu kontrollieren."

Wenn ich ihm die Kontrolle überlassen würde, wäre ich erledigt.

„Wir können nicht weg", sagte Raj.

„Müssen wir aber!", rief ich und meine Stimme verwandelte sich in eine intensive, schimpfende Variante.

Das erschreckte sogar mich.

Ich erkannte meine eigene Stimme nicht mehr.

Raj legte seine Hände auf meine Schultern, um mich zu beruhigen. „Wir können nicht."

Ich presste meine zitternden Lippen aufeinander. „Warum nicht?"

Nach kurzem Zögern führte mich Raj zu einem silbernen Gefängniskäfig, in dem eine ältere Frau stand, deren graues Haar auszufallen drohte und deren Zähne kaum noch vorhanden waren. Irgendetwas an ihr kam mir auf unheimliche Weise bekannt vor.

„Wer ist das?", fragte ich mit gerunzelter Stirn.

„Du weißt, wer ich bin", sagte sie.

„Die Göttin von der Party, die du mit Kylo besucht hast. Sie war eine Betrügerin."

Meine Augen weiteten sich, als sie sich gegen die Ketten wehrte. Die Adern in ihren Augen glühten schwarz und das Blut in ihren Wangen wurde von Sekunde zu Sekunde heller und heller.

Ich starrte sie an und schüttelte den Kopf. „Nein ... das kann nicht sein."

„Ich habe dir und Dolus gesagt, dass das niemals funktionieren wird", sagte sie. „Der freie Wille eurer Wölfe ist zu stark. Du wirst Isabella und Roman, zwei der stärksten Wölfe im ganzen Wald, niemals brechen können. Du und Dolus, ihr werdet nie wieder zusammen sein können, also lasst den Plan sein."

Ich verstand nicht, was sie sagte oder warum sie das mir erzählte. Für mein logisches Ich ergab es nicht den geringsten Sinn, aber ... jemand in mir erkannte ihre Stimme und ihren Körper – sie.

„Es wird funktionieren", sagte ich, ohne es zu wollen.

„Du und Dolus seid Narren", sagte sie. „Sie sind stärker, als ihr denkt. Egal, wer du für sie bist, du wirst ihren Willen niemals brechen können, wie ich es dir von Anfang an gesagt habe. Du wirst nicht mehr in der Lage sein, mit dem Mann, den du liebst, für die Ewigkeit zusammen zu sein. Die Geschichten sind durch deine Lügen verwässert worden. Deine Liebe ist nicht einmal mehr in den Mythen lebendig. Deine Geschichte mit meinem Bruder wurde besiegt."

„Ich werde dich töten", hörte ich mich sagen, während ich nach den silbernen Stangen griff und sie festhielt. Raj packte mich an der Taille, um mich zurückzuziehen, aber ich riss mich aus seinem

Griff los. „Ich werde dich töten und mit ihm zusammen sein. Du hast uns nie zusammen gemocht! Niemals!"

„Versucht, mich aufzuhalten, soviel ihr wollt. Wenn sie dich hier gefangen halten und dich auch foltern, wirst du dieses Mal endgültig sterben. Und es wird kein Zurück mehr geben. Du und Dolus werdet für immer von dieser Welt getrennt sein. Wie willst du dieses Mal die Welt verändern, Mondgöttin?"

43

isabella

„WAS HAST DU GERADE GESAGT?", flüsterte ich.

„Du warst nie genug für meinen Bruder", sagte die Göttin. „Du sagst, dass er dich verdorben hat, aber du bist diejenige, die ihn mit dem Versprechen der Ewigkeit verdorben hat. Du machst Versprechungen, die du nicht halten kannst und lässt ihn hoffen, dass ihr eines Tages auf der dunklen Seite des Mondes zusammen sein könnt. Aber du wärst nie in der Lage dazu, ihn für die Ewigkeit glücklich zu machen."

Ich starrte sie schockiert an und schaute zu Raj hinüber, der genauso verblüfft aussah wie ich.

„Willst du damit sagen, dass die Mondgöttin in Isabella steckt?", fragte Raj.

„Ja", sagte die Göttin und sah mich an. „Ich werde deine Geheimnisse nicht mehr verbergen. Ich sterbe auch nicht dafür."

„Was meinst du mit sterben?", fragte Raj.

„Ihre Geister sterben." Sie drehte sich wieder zu mir um. „Das war eure letzte Chance auf Zweisamkeit. Ihr habt es vermasselt. Wenn der Körper, in dem ihr wohnt, verwest, verschwindet ihr für immer von dieser Welt. Und ich werde verdammt froh sein, wenn das passiert. Mein Bruder ist nicht mehr derselbe, seit er dich getroffen hat."

„Das bedeutet…", flüsterte ich, „Wenn Roman Kylo tötet, wird Dolus für immer verschwinden."

Meine vernünftige lykanische Hälfte liebte den Gedanken, dass Dolus diese Welt endlich verlassen würde, während die Mondgöttin, die in mir war, den Gedanken verabscheute, dass ihr kostbarer Dolus gehen würde.

„Roman wird Dolus nicht töten können", sagte die Göttin. „Dolus wird *ihn* töten."

Und ich switchte zurück und ergriff die Kontrolle über die Mondgöttin. Meinen Willen würde sie nicht brechen und mein Roman würde nicht für einen Gott sterben, der nichts weiter wollte, als den Geist, der meinen Körper entführt hatte. Sosehr ich die Mondgöttin auch verehrte, sie konnte sich nicht einmal in einer Form materialisieren.

Sie hatte meinen Körper übernommen, während Dolus Kylos Geist gebrochen und seinen übernommen hatte.

Das würde auf keinen Fall passieren.

„Was müssen wir noch wissen?", fragte Raj.

Verzweifelt hielt ich die Mondgöttin zurück, die sich an meinen Eingeweiden festkrallte und mich anflehte, die Kontrolle über meinen eigenen Körper für ihre egoistischen Bedürfnisse aufzugeben. Und ich hasste den Gedanken, dass sie mich benutzte.

Sie sollte meine verdammte Göttin sein.

Ich hatte sie jahrelang angebetet.

Wer hätte gedacht, dass sie einmal die größte Schlampe sein würde, die ich je kennengelernt habe?

„Die einzige Möglichkeit, diesen Wahnsinn zu beenden, ist, einen von ihnen zu töten", sprach die Göttin. „Der andere wird verrückt werden, aber dieses verdammte Durcheinander und Chaos wird endlich aufhören."

„Komm schon, Raj!", rief ich. „Wir müssen zu Kylos Rudel."

Es gab nur noch eines zu tun: Entweder musste ich Kylo töten, um diesen Wahnsinn zu beenden, oder mich selbst, um die Mondgöttin aufzuhalten. Sie schienen beide in unseren Körpern gefangen zu sein und konnten oder wollten uns nicht verlassen.

Aber ich wollte Kylo nicht töten, sondern nur Dolus.

Und ich wollte mich nicht umbringen. Ich hatte verdammt noch mal Welpen zu gebären und aufzuziehen.

Ich musste Roman und Kylo finden und mir einen Plan ausdenken, bevor sie sich gegenseitig umbrachten. Und ich würde die ganze Zeit die Kontrolle behalten müssen, denn als ich Roman und Kylo verlassen hatte, schien es, als hätte Kylo völlig die Kontrolle über sich verloren und sich Dolus unterworfen.

44
kylo

ISABELLA WAR HIER.

Sie rannte schreiend die Gefängnistreppe hinunter, ihre Füße schlugen hart und schnell auf den Boden auf. Sie sprintete in den Raum, schüttelte den Kopf und schrie uns an, dass wir sofort damit aufhören sollten, dass wir nicht nur von Dolus, sondern auch von der Mondgöttin kontrolliert würden und dass wir uns einen Plan ausdenken müssten, um das zu beenden.

Aber auch auf dem Weg hierher war ihr nichts eingefallen, um uns zu retten.

Mein Körper wollte nicht aufhören, gegen Roman zu kämpfen. Ich hatte vor zehn Minuten die Kontrolle verloren und Roman hatte mit meinen Angriffen mitgehalten. Ich konnte nicht einfach aufhören und mir einen Plan ausdenken, der wahrscheinlich nicht im Ansatz funktionieren würde. Ich musste weiter gegen Roman kämpfen und Dolus endgültig aus dieser Welt vertreiben.

„Isabella, bleib zurück!", rief Roman ihr zu.

Wie ich Isabella kannte, würde sie das nicht tun. Mehr noch, sie wäre nicht in der Lage, mir die Blume zu geben.

Tief in mir drin wusste ich, dass sie wie immer versuchen würde es zu verhindern, sobald sie herausfand, was wirklich vor sich ging. Und obwohl es ihr wahrscheinlich gelingen würde, wer wusste schon, wen sie damit in Gefahr bringen könnte? Sie könnte sterben. Roman könnte sterben. Ihre Welpen könnten sterben.

Und ich weigerte mich verdammt noch mal, Isabella wieder ihr Glück zu nehmen.

Als Dolus die Kontrolle über meinen Körper übernommen hatte, hatte ich mich nach und nach in die Nähe des Hinterzimmers bewegt, während ich gegen Roman kämpfte. Ich tat so, als würde ich Dolus die totale Kontrolle überlassen und lotste uns zurück zu dem Raum, in dem ich die Blume in das Wasserglas zerbröselt hatte.

Was ich Roman noch nicht erzählt hatte, war, dass eine einzelne Flocke unter meinem Schreibtisch auf den Boden gefallen war, als er in mein Gefängnis stürmte. Wenn Isabella mir diesen verdammten Drink nicht geben wollte oder ich mich nicht dazu zwingen konnte, ihn zu trinken, während Dolus die Kontrolle hatte, konnte ich das Blatt heimlich in meinen Mund stecken, wenn er nicht aufpasste.

„Bitte, hört auf!", rief Isabella. „Bitte!"

„Tu es", brüllte ich Roman an, um ihn dazu zu bringen, Isabella zu sagen, was zu tun ist.

„Isabella", knurrte Roman und schlug mir gegen den Brustkorb. „Nimm das Wasserglas und zwing es Kylo auf mein Kommando in den Mund."

Isabella starrte ihn mit großen Augen an und griff nach dem Glas. „Warum? Was ist da drin?"

Roman presste seinen Kiefer zusammen und drückte mich gegen den Tisch. „Tu es einfach."

„Was ist da drin, Roman?"

Romans Eckzähne tropften vor Speichel. „Die Blume."

Isabellas Augen weiteten sich, sie ließ das Glas fallen und verschüttete das Wasser überall. „Nein! Wir können das in Ordnung bringen, Roman. Wir können die Kontrolle über diese Götter und Göttinnen übernehmen. Wir können gemeinsam überleben. Ich werde ihn nicht töten."

Roman schlug mir mit der Faust auf den Kiefer und stieß mich zu Boden. Mein Kopf schlug auf den Beton auf und an meinem Hinterkopf bildete sich ein blauer Fleck. Das Blatt lag nur wenige Zentimeter von mir entfernt und ich sagte mir, dass ich vielleicht ein schwacher Mann war, aber dass ich das nicht länger sein würde.

Ich würde es für das Wohl aller tun.

„Es tut mir leid, Isabella." Ich nahm das Blatt, steckte es mir in den Mund und schluckte. „Das ist der einzige Weg."

„Kylo!", schrie Isabella, sank auf die Knie, steckte ihre Finger in meinen Mund und versuchte verzweifelt, das giftige Blatt herauszufischen, aber es war bereits in meinen Körper eingedrungen, hatte sich in meinem Magen aufgelöst und verbreitete sich in allen Gefäßen meines Körpers. Sie schüttelte den Kopf. „Nein! Spuck es aus! Kylo!"

„Kümmere dich um sie", sagte ich zu Roman und meine Kehle schnürte sich plötzlich zu. „Bitte."

Roman runzelte die Stirn und nickte mit schmerzlich zusammengezogenen Brauen. Wir mochten zwar unsere Differenzen haben, aber er war immer noch derselbe Junge, mit dem ich früher befreundet gewesen war und mit dem ich gewachsen bin. Alte Freunde konnten sich vielleicht auseinanderleben, aber die Verbindung würde immer bestehen bleiben.

Mein Körper fühlte sich plötzlich schwach an, meine Arme und Beine schwer.

„So darfst du nicht reden!" Isabella schrie. „Du wirst nicht st-sterben. Bitte, Kylo, du musst bei uns bleiben. Es tut mir leid, Kylo. Es tut mir so leid, dass ich das nicht verhindern konnte, dass ich die letzten Tage so unhöflich zu dir war."

„Eines Tages, Isabella ...", flüsterte ich, meine Stimme war heiser und mein Mund mehr als trocken. Mit aller Kraft, die mir noch blieb, hob ich meine Hand und legte sie sanft an ihr Gesicht, wobei meine Finger zitterten. „Wir werden uns wiedersehen und ich verspreche dir, dass ich dich zur glücklichsten Frau der Welt machen werde."

Isabella nahm meine Hand und hielt sie an ihre warme Wange.

Tränen liefen über ihre geröteten Wangen und auf meine Hand, rannen meinen Arm hinunter und entzündeten die letzte Flamme, die ich in mir hatte. Diese Tränen waren das Letzte, was ich spürte, als das Gefühl von meinen Fingerspitzen über meine Hände und bald über meinen ganzen Körper abflaute.

„Verlass uns nicht", flehte Isabella und lehnte sich über mich. Sie legte ihre Hände auf meine Schultern und schüttelte mich sanft, wobei ihre Stimme ganz langsam verklang. „Bitte, geh nicht weg, Kylo. Bitte ..."

Ich starrte zu ihr hoch, mein Tastsinn und mein Gehör waren völlig verschwunden und auch meine Sehkraft ließ schnell nach. Ich konnte weder Arme noch Beine noch irgendeinen anderen Teil meines Körpers bewegen. Stattdessen sah ich sie und Roman an, solange ich konnte, und wünschte mir, es wäre anders gelaufen.

Roman kniete neben Isabella, den Mund schmerzerfüllt verzogen und die Hände um Isabellas Schultern gelegt, um sie von meinem sterbenden Körper wegzuziehen. Sie riss sich aus seiner Umklammerung los und schrie ihm etwas zu, die Vene in ihrem Hals pulsierte wild und Tränen schossen ihr aus den Augen.

„Ich liebe dich", sagte ich, aber ich konnte meine eigene Stimme nicht hören, sodass ich nicht wusste, ob es richtig rauskam und ob sie mich verstanden hatte. „Ich liebe dich so sehr."

Isabella verkrampfte sich und starrte auf mich herab, ihre Augen wurden groß und ihre Lippen zitterten. Sie beugte sich über mich, ihr Körper wankte heftig hin und her, und ihr Mund bewegte sich, um die gleichen Worte zu sagen, die ich gesagt hatte: „Ich liebe dich."

Meine Augen wurden zu schwer, um sie offenzuhalten, aber ich schaffte es noch einen Moment. Als ich die Augen schloss, überflutete mich die Dunkelheit und erstickte mich bis zum bitteren Ende. Mit aller verbliebenen Kraft holte ich Luft, so tief ich konnte, um ein letztes Mal den Geruch dieser Welt einzuatmen.

Isabellas Duft strömte in meine Nasenlöcher, erfüllte mich und wärmte mich an Stellen, die ich noch nie zuvor wahrgenommen hatte. Ob Dolus mich nun zu ihr hingezogen hatte oder nicht, für mich roch sie immer süß. Sie hatte diesen Geruch, an den ich mich immer erinnern würde, selbst im Jenseits.

Und im allerletzten Moment küsste mich Isabella auf die Lippen. Ich konnte es kaum noch spüren, aber ihr Geruch strömte in meinen Mund und gab mir die Hoffnung, dass ich eines Tages, in einem anderen Leben, ihr strahlendes Lächeln wiedersehen würde, so wie ich es in jener Nacht auf der Wolfsmond-Party gesehen hatte.

45

isabella

WÄHREND ICH UM KYLO WEINTE, löste sich Dolus – nichts als eine schwache, zerbrechliche weiße Aura – aus seinem Körper und erschien vor uns. Mit Tränen in den Augen sah ich zurück zu Roman und stellte mich vor ihn.

„Du nimmst Roman nicht mit", sagte ich zu Dolus.

„Liebling", sagte er, seine Worte waren wie der Wind.

Plötzlich schoss ein stechender Schmerz von meiner Brust aus durch meinen Körper. Eine schwarze Aura schlängelte sich aus mir heraus und formierte sich vor Dolus. Die beiden sahen sich nur kurz an, bevor Dolus den Kopf schüttelte.

„Wenn du ihren Körper verlässt, wirst auch du sterben, Liebste", sagte Dolus' schwindende Aura.

„Dann lass mich sterben", sagte die Mondgöttin. „Ich weigere mich, dieses Leben ohne dich zu leben."

Die Mondgöttin umarmte Dolus, legte ihre geisterhaften Arme um seinen Körper und zog ihn näher an sich heran, bis sie fast zu einer Einheit verschmolzen. Wenn ich nicht gerade durch die Hölle gegangen wäre und versucht hätte, gegen diese Ärsche zu kämpfen, dann hätte ich das tatsächlich für herzerwärmend gehalten.

Aber scheiß drauf.

Sie hätten es beide verdient, für immer zu verschwinden.

So schnell wie sie unsere Körper verlassen hatten, verblassten auch ihre Umrisse, ihre Auren verschwanden in der Dunkelheit von Kylos Gefängnis, ihre Geister verschwanden im Nichts. Und einfach so verschwand die Mondgöttin, die ich seit meiner Kindheit verehrt hatte, aus dieser Welt.

Mit geweiteten Augen betrachtete ich den Raum, in dem sie gerade noch standen. Ein Schock durchfuhr meinen Körper.

Sie waren weg.

Wahrhaftig weg.

„Niemand darf wissen, dass die Mondgöttin, die wir alle anbeten, tot ist", flüsterte ich.

Ich starrte auf Kylos Körper hinunter und ballte meine Hände zu Fäusten, wobei mir die Tränen in den Augenwinkeln brannten. Mehrere Menschen hatten ihr Leben für diese Schlampe verloren, darunter auch Kylo, ein starker Alpha, der von seinem Rudel geliebt wurde.

Vielleicht habe ich ihn geliebt. Vielleicht auch nicht.

Im Moment wusste ich nicht, was richtig und was falsch war, was Wahrheit und was Lüge war. Hatte ich zwei Welpen in mir, einen gezeugt von Roman, den anderen von Kylo? Waren wir jemals göttliche Wölfe gewesen? War das nur eine Geschichte, die die Mondgöttin, Dolus, und seine Schwester erfunden hatten, damit wir sie glaubten? Wer wusste das schon?

Was ich wusste, war, dass ein Teil von Kylo immer bei mir sein würde.

Roman legte seine Hand auf meine Schulter und drückte sie. „Niemand."

Ich beschloss, keine Tränen mehr um Kylo zu vergießen, obwohl ich mir so verzweifelt wünschte, ihn ein letztes Mal in die Arme zu nehmen. Ich wandte mich von ihm ab und verließ das Gefängnis, ohne mich noch einmal umzusehen.

Kylo mag gestorben sein, aber wir haben die Spezies der Werwölfe vor der Verderbnis bewahrt. Wir hatten einen Krieg verhindert, bevor er diesen Wald in Ruinen verwandeln konnte.

Durch den Tod eines starken Wolfes hatten wir den Frieden geschaffen.

Kylo hatte den Frieden geschaffen.

„Lass uns nach Hause gehen, Roman", sagte ich, nahm seine Hand und ging durch den Wald. Mein Magen war ein einziger Klumpen. Ich wollte sehen, wie es Vanessa, Derek und Romans Schwester Jane ging, nachdem das nun alles vorbei war. Sie hatten das Schlimmste von Dolus' Spiel abbekommen, und ich hoffte, dass die Verderbnis jetzt, wo er weg war, rückgängig gemacht wurde. Aber das war noch nicht alles. „Ich möchte mich endlich ausruhen, damit wir uns auf die Ankunft unseres Welpen – oder unserer Welpen – vorbereiten können. Wir haben es uns verdient."

Danke, dass du die Submission-Reihe gelesen hast! Hier ist ein Bonus Epilog.

über den autor

Emilia Rose ist eine USA-Today-Bestsellerautorin für heißblütige Liebesromane. Inspiriert von ihrer Auslandsreise nach Griechenland im Jahr 2019, liebt Emilia es, die griechische und römische Mythologie in ihre Romanen einfließen zu lassen.

Im Jahr 2020 schloss sie ihr Studium der Psychologie an der University of Pittsburgh mit dem Nebenfach Kreatives Schreiben ab und schreibt nun hauptberuflich Romane.

Mit mehr als 18 Millionen Online-Buchaufrufen und einer wachsenden Präsenz auf Lese-Apps hofft sie, andere junge Autoren mit ihren Geschichten über Wachstum und Fantasie zu inspirieren, damit sie die Geschichten schreiben, die erzählt werden müssen.

Melde dich für Emilias Newsletter an, um exklusive Werbegeschenke, vorzeitige Kapitelveröffentlichungen und mehr zu erhalten!